KB201259

어떤 엄마 저런 사람

어떤 엄마 저런 사람

초판1쇄 인쇄 2020년 11월 23일
초판1쇄 발행 2020년 12월 7일

글   효재
그림   우리

발행인   신상철
편집장   신수경
편집   정혜리, 김혜연
디자인   햇빛스튜디오
마케팅   안영배, 신지애
제작   주진만

발행처   (주)서울문화사
등록일   1988년 12월 16일 | 등록번호 제2-484호
주소   서울시 용산구 한강대로 43길 5 (우)04376
편집문의   02-3278-5522
구입문의   02-791-0762
팩시밀리   02-749-4079
이메일   book@seoulmedia.co.kr

ISBN   979-11-6438-956-8 (03810)

이 책은 '한국만화영상진흥원 2020 다양성 만화 제작 지원 사업'의 선정작으로 지원받아 제작되었습니다.

어떤 엄마 저런 사람

글 효재
그림 우리

서울문화사

추천사

그녀의 이야기를 받아 읽었다. 그것은 내게 남의 이야기가 아니었다. 그녀는 태어날 때부터 지켜본 나의 사촌동생이니까. 이 이야기는 내가 곁에서 지켜보았거나 지척에서 전해 들은 이야기였고, 또한 내가 알고 있으면서도 정확히는 알 수 없었던 이야기였다. 나는 그녀가 털어놓는 속내가 흥미로웠다. 적어도 개인적으로 그녀를 알기에 더 힘 있고 의지가 느껴지는 이야기라고 생각했다.

그리고 그녀의 이야기를 다시 읽었다. 이번에도 이 이야기는 남의 이야기가 아니었다. 그녀는 결혼하지 않은 상태로 한 아이를 키우는 여성의 삶을 살고 있다. 어머니의 성을 따른 아이를 귀하게 돌보고 부모에게 도움을 받아 가족의 관계를 구축하고 직업적 일을 병행한다. 자연스러운 일이지만 누군가에게는 조금 자연스럽지 않은 삶이기도 하다. 그래서 그녀는 돌 같은 세상과 부딪히며 가끔씩 찾아오는 정적에도 맞서고 편견에도 맞서야 한다. 왜 그녀가 애써 굳건한 마음을 다짐하는 이 글을 써내야 했을까. 개인적인 관련을 차치하고도 그녀의 이야기는 남의 이야기가 아니었다. 우리가 앞으로도 어떠한 정적 없이 들어야 할 이야기였다.

남궁인
작가, 응급의학과 전문의

차례

2부 저런 사람의 사정

1부
어떤 싱글맘의 탄생

1부
PROLOGUE

이기적이네요.
애가 나중에 학교에 가면 누가
넌 왜 엄마랑 성이 같냐,

아빠는 어디 갔냐고
물어보면 그게 상처가
될 수도 있어요!

이미 제 아이는 그걸
아무렇지도 않게
받아들이고 있어요.

편견이 없다고
하시더니,
엄청 많으시네요.

그건 법이 알아서
집행할 문제고
각자 알아서 할 일이지
제가 왜 그런 걸 합니까?

저도 제가 알아서
할 문제인데 저한테
왜 화가 나세요?

대체 뭐가 문제인가요?
제가 알아서 할 일이고
저의 가정인데요.

꼭 필요한 순간에는
남의 가정사에 끼어드는 거 아니라고
지나치면서

왜 이런 별것도 아닌 것 가지고
시비를 걸어야 해요?
정말 제 아이를 생각한다면
이런 문제로 이야기를 하는 것부터가
편견이란 거 모르세요?

A whole new world
결혼, 새로운 세상

나는 우리가 모든 고난을
함께할 것이라 믿었다.

Let me share
this whole new world…

당신도
당연히 같이
탈 거지?

당연히…

without you.

나는 아니지.
어떻게든 될 거야.
잘해 봐.

에엥?

어쩌지?
어떡해야…

음마?

아…
망했네.

그러나 그 새로운 세상에
나는 혼자 버려졌다.

으아앙!
흐앙!

미안해.
엄마도 지금 뭐가
뭔지 잘 몰라.

어떻게
방법이 있...

잠깐, 저거
동화에 나오는
바로 그거?

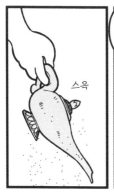

스윽

뭔지는 잘
모르겠지만,
일단 한번
비벼 보자.

원아, 엄마
기다려 줘. 그 말들이
사실이라면 여기에서
요정이 나와서 우리를
구해 줄 거야.

1부. 어떤 싱글맘의 탄생

그 소원은
내 도움이 아니라
네 선택과
네가 가진 것으로
이루게 될 거야.

저런 결혼

"……그래서 두 사람은 결혼해서 영원히 행복하게 잘 살았습니다."

동화의 마지막은 흔히 두 사람의 결혼과 영원한 행복을 암시하며 마무리되곤 한다. 하지만 결혼이라는 끝에서 새롭게 시작되는 이야기는 과연 영원한 행복으로 가득 차 있을까? 어떤 경우에는 그럴 것이다. 하지만 나의 경우는 그렇지 않았다. 행복이라는 이름으로 대충 버무려진 결혼이라는 결론은 녹록지 않은 현실의 시작이었다.

———

속도위반. 그것이 내 결혼 앞에 붙는 이름이었다. 나는 그 이름 앞에서 어쩐지 죄인처럼 입을 닫아야 했다. 하지만 나와 결혼했던 상대는 나와 달리 진짜 어른, 책임질 줄 아는 사람, 남자라는 수식어를 얻었다. 그리고 세간의 평가와는 정반대로, 함께 짊어질 거라 믿어 의심치 않았던 책임은 고스란히 나에게 쏟아졌다.

———

명절을 며칠 앞둔 어느 날 그의 부모가 찾아와 나에게 말했다.

"원래 결혼을 하면, 우리 집안은 여자는 이제우리 집 사람이라
고 생각한다. 부모님이 너를 놓아줘야지. 그렇게 예전처럼 지내
면 못쓴다."

나는 한 남자와 결혼을 했는데 그 남자 뒤로 많은 것이 딸려 왔다.
그의 가족들은 내가 이제 그와 그들의 가족이 돼야 한다고 했다. 정
확히 말하면 그 집의 '며느리'가 되어야 한다고 말했다. 나는 우리 엄
마 아빠의 딸이 아닌 그 집 며느리라고.

———

"결혼을 했으면 며느리가 들어와 내 가족이 늘어나야 맞는데
내가 아들을 빼앗긴 것 같다."

어느 날은 그 남자의 엄마가 나를 두고 이런 말을 하며 눈물을 훔
쳤다. 나는 어찌할 바를 몰랐다. 대체 왜 이런 이야기를 내가 들어야
하는지 조금도 이해가 가지 않았다. 나는 곧장 그에게 따졌다. 하지
만 돌아온 대답은 내 마지막 희망을 무너뜨렸다.

"나도 우리 부모님이 그런 생각을 하실 줄은 몰랐는데……
아니, 그래도 자주 보는 것도 아니고 가끔 보는 건데 그냥 맞춰
주면 안 돼?"

기가 찼다. 나는 이런 모습을 보기 위해 결혼한 것이 아니었다. 이후로도 그보다 더한 말들이 나를 할퀴고 지나갔다. 그렇게 기억하고 싶지 않은 많은 일들이 있었다. 하지만 더 큰 문제는 다른 곳에 있었다.

———

내 기억 속의 우리 부모님은 좀처럼 목소리 높여 다투는 법이 없었다. 하지만 내가 결혼을 하고 보니 목소리를 높이는 것은 물론이고 때로는 그보다 더한 일도 생기곤 했다. 눈에 보이는 다툼이 거의 없는 가정에서 자라났던 내게 갑작스럽게 닥친 눈앞의 현실은 암담했다. 부모님과 살 때는 몰랐다. 생활비를 쓰고 나면 월급은 정말 통장을 스쳐 갔다. 불안한 미래와 내가 상대보다 육체적으로 약하다는 사실까지, 그 모든 것은 나를 불안하게 만들었다. 결혼 생활은 내가 단 한 번도 겪어 본 적 없는 사건의 연속이었다.

———

'그래도 아이가 태어나면 좀 달라지겠지. 책임감이라는 게 있는데.'

그 바람은 이루어지지 않았다. 나의 아이, 원이가 태어나고 나자 갈등은 걷잡을 수 없이 커져 갔다. 그럭저럭 버텨 나갔던 시간들은 아무것도 아니었다. 이 모든 것은 아이가 태어난다는 것을 그저 막연히 좋은 일, 누구나 하듯 나도 쉽게 할 수 있는 일이라 여겼던 탓일 것이다. 다른 환경에서 살던 두 사람이 함께 살아가는 것은 이미 어려운 일이다. 하물며 사람을 키워 내는 일은 그보다 더 쉽지 않다. 상황은 더 나빠졌다. 내가 생각할 수 있는 최악을 넘어서던 날도 있었다.

———

그 결정, 그러니까 이혼을 한 덕분에 마침내 나는 짧다면 짧고 길다면 긴 괴로운 시간을 끝내고 내가 가지고 있던 것들을 되찾았다. 나를 존중하는 나의 가족. 내가 잘하고 하고 싶은 일, 내 아이의 이름과 나의 미래를.

———

한때 나는 이런 내가 몹시 운이 좋았다는 생각을 했다. 비록 누군가는 나를 안쓰럽게, 혹은 색안경 낀 눈으로 보더라도 전혀 신경 쓰이지 않았다. 왜냐하면 나는 확실히 이전보다 훨씬 더 나은 삶을 살게 되었기 때문이다. 하지만 지금은 그렇게 생각하지 않는다. 나는 내가 원래 가진 것을 되찾았을 뿐이다. 이것은 절대 행운이 아니다. 모두 내가 가진 것들로 나 스스로가 이뤄 낸 것이다.

원이를 임신했을 때
내가 제일 많이 한 걱정은,

애들은
시끄럽고, 말도
안 듣고….

그냥 내가 낳은
자식이라는 이유로
무조건 사랑할 수
있을까?

나는
모성애가
없나?

응애

응애

몇 시간의 진통 끝에 낳은 아이.

쬐끄만 게 귀여워!

너한테 내가 할 수 있는 모든 걸 다 해 줄게.

하지만, 막상…

음마?

원이야, 미안해. 엄마가 이 산 좀 넘고 그 다음에 놀아 줄게. 기다려 줘….

힘든 일의 연속이라서 사랑 같은 건 느낄 겨를도 없었다.

원이를 가장 사랑하게 된 순간은,

원아!

엄마!

우리, 집에 가기 전에 놀이터 들렀다 갈까?

좋아!

1-2. 어떤 모성애

소중한 시간들이 쌓여 만든 오늘이다.

그런데, 그건 나도 마찬가지야.
원이는 나의 보물,
우리 엄마는 나의 집.

어떤 모성애

오랜 친구가 임신했다. 오랜만에 만나 서로 밀린 근황을 얘기하다가 갑자기 친구가 물었다.

"입덧 너무 힘들다. 아, 모성애 같은 건 언제 생기냐? 보면 임신했을 때부터 좋은 것만 먹고, 좋은 것만 보고, 애가 뱃속에서 크는 것만 생각해도 막 기특하고 그래야 하는 것 같은데 난 그렇지 않아서 내가 이상한가 싶기도 하고."

"아니. 하나도 안 이상해. 솔직히 나는 임신했을 때 그렇고 낳고 나서도 애가 예쁜 줄은 알겠지만 그거 이상은 잘 못 느꼈어."

나는 바로 대답했다.

"아직 말 그대로 내 뱃속에 있어서 열심히 크는 중인데, 만나 본 적도 없는 애한테 갑자기 모성애를 느끼는 게 어려울 수도 있지 않나?"

"그러니까, 내 말이."

"난 오히려 사람들이 너무 과대 포장을 하고 있는 것 같아. 나는 솔직히 말해서 원이가 처음 태어났을 때 너무 예쁘고 좋았고 해 줄 수 있는 건 다 해 주고 싶었지만, 지금처럼 사랑하는 건 아니었어. 솔직히 지금의 원이가 그때의 원이보다 훨씬 더 좋거든."

내 말에 친구가 웃으며 말했다.

"지금이 더 예뻐? 지금 미운 여섯 살 아니야?"

"뭐, 아기였을 때 정말 예뻤지. 그렇지만 나는 부모 자식 사이도 결국에는 인간관계라고 생각해. 그냥 내가 낳아서 좋은 것도 좀 있겠지만 결국은 같이 보낸 시간들이 쌓여서 사랑한다는 느낌을 가지게 하는 것 같아. 하여튼, 너는 입덧이 심해서 몇 주째 밥도 못 먹고 있는데 모성애 생각할 겨를이 있겠어? 지금은 네 생각만 해."

친구에게 신나게 잘난 척을 하고 난 뒤 집에 돌아가며 생각했다. 모성애라는 건 뭘까 하고. 나 역시 임신했을 때 했던 가장 큰 고민 중 하나가 모성애에 관한 것이었기 때문이다. 나는 아직 태어나지도 않은, 그저 내 안에서 움직이는 존재를 내가 낳았다는 이유만으로 무조건 사랑할 수 있을지를 임신 기간 내내 고민했다.

——

모성애는 신화와도 같다. 엄마라는 존재는 자식을 위해 무엇이든 할수 있고, 자기희생적이며, 처음부터 끝까지 어떠한 조건도 없이 자식을 사랑해야만 한다는 숭고하고 완전무결한 신화.

——

마침내 그 작고 쪼글쪼글한 것을 안았을 때, 아이는 내가 생각했던 것보다 더 귀엽고 사랑스러웠다. 나는 즉시 아직 약하기 그지없는 이 존재를 내가 할 수 있는 모든 노력을 다해 키우겠다고 결심했다. 나는 이게 모성애라는 것일 거라고 생각했다. 하지만 현실이 녹록지 않았다. 원이의 돌이 지날 때까지 나는 인생에서 가장 힘들고 불행한 시기를 보내야 했다. 나는 괴로웠고 지쳐 있었다. 게다가 아이를 돌보는 일은 내가 처음 해 보는 종류의 일이었다.

——

나는 아이를 낳고 100일이 채 지나지 않았을 때 회사로 돌아갔다. 물론 아직 태어난 지 얼마 되지 않은 아이는 새벽이 되어도 잠을 자지 못했다. 다툼이 있었고 앞날은 캄캄했다. 나는 확실히 불행했다. 몸은 피곤하고 캄캄한 현실을 벗어나려고 발버둥 쳐도 모든 것이 전부 제자리였다. 겪어본 적 없는 종류의 현실적인 고민이 늘어났고, 상처가 생겼다. 그때 생겼던 일들은 아직도 나를 옭아매고 있다. 더는 나빠질 수 없을 만큼 나빠진 상황이었다. 나는 하루하루가 힘들었고 매일 아팠다.

―――

몸이건 마음이건 모두 지쳐 있었다. 내가 잠을 자지 않아도 아침은 밝아 왔다. 해가 뜨면 원이를 엄마에게 맡기고 회사에 나간다. 업무가 끝나고 퇴근하면 곧장 원이를 데리러 갔다. 그러면 또다시 육아라는 새로운 일의 시작이었다. 퇴근 후 즐기던 취미 생활도, 만나던 친구들도, 전부 옛날 일처럼 아득해졌다. 지극히 당연하게도 나는 모성애라고 하는 감정을 느끼기도 전에 이 모든 일이 힘들다는 생각을 먼저 할 수밖에 없었다. 하지만 그렇다고 어디에다 말할 수도 없었다. 그런 말을 하면 눈에 넣어도 아프지 않을 어린 아기를 두고서, 제 하고 싶은 일이나 생각하는 그런 내가 나쁜 엄마인 것 같았기 때문이다.

―――

사람마다 다르겠지만, 내가 생각하는 모성애는 나 자신을 사랑할 수 있어야 비로소 생기는 것이다. 누구나 사람은 자신의 시간이 필요하다. 엄마가 되었다고 해서 아이를 사랑하는 마음으로 자신의 모든 욕구를 눌러야 하는 것은 아니다. 오히려 엄마가 자기 자신을 위하는 시간을 갖는 건 아이를 사랑하는 일에 더 큰 도움이 된다. 불행한 사람이 행복한 사람을 만들 수는 없으니까.

―――

아이는 자라난다. 나는 그 시간 동안 많은 일을 겪었고 마침내 어느 정도 균형을 찾았다. 내가 어떤 사람인지, 무엇을 잘하는지, 그리고 또 무엇을 원하는지 예전보다는 잘 알고 있다. 그렇게 안정을 찾은 나는 자연스럽게 원이를 더 많이 사랑할 수 있게 되었다. 원이와 함께 보낸 시간들이 늘어 가고 함께 만든 이야기가 늘어날수록 나는 원이를 더 많이 사랑하게 되었다. 우리가 함께 웃고 울고 떠들고 화냈던 시간들이 모여 지금의 소중한 관계를 만들었다. 그래서 나는 지금 이 순간 원이를 사랑한다고 자신 있게 말할 수 있다.

———

내가 생각하는 모성애는 엄마가 스스로를 존중하고 아끼고 사랑하는 것에서 출발한다.

귀염둥이!
내 새끼,
우리 강아지!

내 강아지
어디 있나?

할머니!
여기.

나 여기
있지.

잠깐, 좀
이상하다?

원이는 내
강아지인데? 엄마
강아지는 나지.

뭐래. 원이야,
네 엄마가 우리
질투하나 보다.

넌 강아지가
아니라 이제
개지, 개.

엥!

38

영원히 엄마의 강아지일 줄 알았던
나는 이제 엄마의 개가 되었고,
그 자리를 내 강아지가 대신하게 되었다.

저런 강아지

어린 시절의 기억을 더듬어 보면 모래 먼지가 날리는 놀이터가 가장 먼저 생각난다. 학원에 다니지 않는 아이들과 학원에 다니는 아이들의 비율은 대충 반반이었고 나는 학원에 가지 않는 아이였다. 학원에 가지 않는 아이들은 집에 가방을 팽개치고 바닥이 닳아 가는 요술 공주가 그려진 운동화를 신고 집 밖으로 나왔다. 우리는 삼삼오오 모여 설탕 섞은 물에 색소를 섞어 얼린 쭈쭈바를 하나씩 들고 미세먼지처럼 뿌옇게 올라오는 먼지를 가르며 녹슨 그네를 타러 놀이터에 갔다. 100원짜리 까만 고무줄이 있으면 편을 갈라 고무줄을 뛰었다. 그렇게 시간 가는 줄 모르고 놀다 보면 어느새 그림자가 조금씩 길어지고 각자의 이름이 호명되기 시작하는 것이다. 우리 엄마의 경우 나를 강아지라고 불렀다.

"우리 강아지, 어디 있어?"
"엄마! 나 이것만 하고 갈게."

어린 시절 엄마는 나를 곧잘 강아지라고 부르곤 했다. 다 자랐을 때도 그랬다. 내가 스물이 넘어서도 엄마는 종종 나를 강아지라고 불렀다. 그렇게 나는 엄마의 영원한 강아지일 것 같았다. 하지만 원이가 태어나고 나서 이야기는 달라졌다.

―――

"우리 강아지!"라는 우리 엄마의 말에 쪼르르 달려 나가는 것은 이제 내가 아닌 원이다. 원이는 나 이상으로 우리 엄마를 따른다. 함께 보내는 시간이 나보다 더 많은 것이 우리 엄마이니 당연한 일이라고 생각한다. 하지만 때로는 아쉬울 때가 있다. 영원한 엄마의 강아지로 남을 줄 알았던 나는 이제 더 이상 엄마의 강아지일 수 없다.

―――

다 자란 딸의 못난 이야기 같지만 종종 나는 엄마가 "우리 강아지!"라고 부르면 나를 말하는 것이 아님을 잘 알면서도 "왜?"라고 대답한다. 그럴 때면 우리 엄마는 피식 웃으며 핀잔을 준다.

"다 커서 징그럽게 왜 이래?"
"왜, 엄마 강아지는 나 아니야? 원이는 내 강아지고."

내 말에 엄마는 원이를 안으며 대답한다.

"징그럽게 다 늙어서는. 우리 강아지만 강아지라고 할 수 있지, 그렇지?"

그러면 원이가 신난 듯 웃으며 대답한다.

"응, 나는 할머니랑 엄마 강아지."

나는 이제 엄마의 강아지가 아니다.

———

어느 날 밤, 원이가 잠들고 함께 남은 집안일을 정리하는 중에 엄마가 물었다.

"너, 내가 강아지라고 안 해서 혹시 서운하니?"

엉뚱한데 진지한 엄마의 말에 웃음이 났다.

"아니, 전혀. 그냥 장난치는 거잖아."
"그렇지? 괜히 생각나서 물어봤어."

엄마는 다시 하던 일을 계속했다. 정말 조금도 서운하지 않았다. 오히려 미안한 마음이 들었다는 게 맞는 말일 것이다.

———

엄마가 나를 키웠다. 나는 엄마의 강아지로 살았던 시간들이 얼마나 소중한 순간들이었는지 잘 알고 있다. 그래서 우리 원이가 지금 나와 엄마의 강아지로 살고 있는 것이 그저 기쁘고 고마울 뿐이다. 엄마는 강아지를 다 큰 개로 만들어 놓고 또 다 큰 개가 낳은 강아지를 키운다. 아직도 나의 미래를 최우선으로 두는 우리 엄마에게 항상 하고 싶은 "고마워"라는 말은 어색하고도 멀다.

———

나보다 더 많은 재능을 가졌던 우리 엄마가 나와 우리 가족을 위해서 살아간다는 것은 아쉬운 일이다. 나는 늘 내가 하고 싶은 일을 할 수 있는 자유로운 개가 될 수 있었던 것이, 모두 엄마의 덕분이라고 생각한다. 사실 나는 다 크고도 아직 엄마의 손을 타는 엄마의 강아지다.

이제 슬슬 집에…

살 것 다 샀고~

내 작업은 생각보다 찾기가 쉬운 편이다.

가야겠….

엄마! 여기 봐. 엄마가 썼던 책 여기 있어!

그러게. 얼마 전에 한 거….

엄마! 여기도.

맞아. 우리 원이 잘 아네? 엄마 진짜 열심히 일했다….

전부 다 원작이 따로 있는 작업이긴 하지만….

…

원아! 이제 계산하고 나가자.

셀프 계산대!

어쩐지 씁쓸한 기분.

바코드
찍게 해 줘!

그래.

저 작업들은
진짜 내 작업이라고
할 수 없을 것
같은데….

내가 하는 일은 인기 원작을 바탕으로,

동화책이나 만화 같은 것을
만드는 일이다.

나도 내
작업을 하고 싶지.
그렇지만….

내가 하고 싶은
작업을 당장 하기에는
책임져야 할 아이와
고양이가….

1-4. 어떤 무명작가

그래, 뭐든 지금 내가 작업으로 먹고사는 게 더 중요해.

엥?

엄마! 놀이터!

원이에게는 반경 500m 내의 놀이터를 감지하는 능력이 있다.

어휴…. 원아! 10분만 놀다 갈 거야.

원이만 씩씩하게 잘…

커…

마트에 엄마가 쓴 책 있다!

아무도 안 물어봤어! 제발! 제발!

원아!

제발 입 닫아!

한창 자랑하고픈 나이, 6살.

46

그 나이 또래가 으레 그렇듯
원이는 묻지도 않은 정보를 남발하곤 한다.

"정말요? 어떤 책 쓰셨어요?"
라는 질문에 언젠가는 당당하게 말할 수 있는 작업이
내게도 하나쯤 있었으면 좋겠다.

우리 애가
그 캐릭터 정말
좋아해요!

작가님?

그, 그게
아니라….

해명의 시간

어떤 무명작가

하는 일이 뭐냐는 질문에 나는 때로 말문이 막힌다. 정말 솔직하게 말한다면 "돈 되는 것은 이것저것 다 합니다"라고 말해야겠지만, 사실 그렇게 말하기란 쉽지 않다. 어쨌거나 나의 직업은 5년째 '작가'라는 이름 아래 있다. 그렇지만 내가 나를 '작가'라고 자신 있게 말할 수 있느냐면 또 그렇지는 않다.

———

"작가긴 한데⋯⋯."

작가라는 직업으로 나 자신을 부르는 것이 늘 쑥스러웠다. 나는 유명하지도 않고, 주로 원작을 바탕으로 도서를 재가공하는 작업을 하며, 딱히 대표작이라고 부를 만한 작업도 없기 때문이다. 사실 나는 스스로를 작가보다는 프리랜서에 가깝다고 자평한다. 나는 언제 돈이 될지 모르는 나의 이야기를 하는 것 대신 당장 돈이 되는 길을 선택했다. 그 결정에 불만은 없지만 그 결과로 나온 작업들을 나의 작품이라고 말하기에는 늘 어딘가 부족함이 느껴지는 것 또한 사실이다.

———

내 작업은 주로 마트나 서점의 아동 코너에서 볼 수 있다. 혹은 관공서의 홍보 자료에서 발견하게 될 수도 있다. 내 손을 거쳐 간 책 중에는 꽤 유명한 것들도 있고 베스트셀러가 된 책도 있다. 그래서 내가 작업하는 모습을 지켜볼 때가 많은 원이는 종종 그 책들을 처음부터 끝까지 엄마가 만들었다는 큰 오해를 하곤 한다. 게다가 6살 즈음의 아이들은 자랑하는 것을 좋아하지 않는가. 원이 역시 마찬가지다. 원이는 내가 하는 일을 실제보다 더 크게 부풀려 말하곤 했고, 결국 나는 몇 번이나 유치원 선생님과 주변 이웃들에게 해명 아닌 해명을 해야 했다.

———

나는 세상에 이미 존재하는 원작을 잘 살리는 일을 한 것뿐이다. 물론 그 일들에 의미가 없다고 생각하지는 않는다. 하지만 적어도, 작가라는 이름으로 나만의 것을 만들고 싶은 마음은 모든 창작자가 그렇듯 나 역시도 마찬가지로 가지고 있다. 하지만 그게 쉬운 일은 아니었다. 당장의 돈이 소중할 수밖에 없는, 책임질 것이 많아진 사람이 되어 버렸기 때문이다.

일도 계속하고,

애도 잘 키웠고…

너 진짜 대단한 것 같아.

난 걱정이 앞선다….

나 하나도 안 대단해….

…뭐? 그치만….

볼래? 원아, 너 세상에서…

누가 제일 좋아?

할머니! 그리고… 엄…

봤지? 우리 엄마 먼저 좋대.

헐, 서운하지 않아?

50

1부. 어떤 싱글맘의 탄생

여기서 서운하면 그건 사치지.

원이가 우리 엄마를 좋아해 주니까 내가 맘 편히 일도 하고 원이도 행복한 거야.

그래서…

나는 육아 금수저라 할 수 있지.

믿음직한 양육자!

엄마 없었으면 제대로 마감도 못 할걸….

물론 어머님 덕분에 일하기 수월하겠지만,

그래도 사정이 그러면 회사에서 이해를 ….

이해를 절대로 해 주지 않을 거야.

단호

…어어?

인간이
일이랑 육아를
동시에 해내기가
쉽지 않아.

슈퍼맨이라서
하늘이라도 날아
다니는 수준이면
모를까.

헉, 급한
수정이 왔다!

까?

아니야,
슈퍼맨이라도

한꺼번에
이것저것 터지면
감당이 안 될걸?

으아아!

절.대..로.

그렇지만…
너는 프리랜서니까
조절이 되지 않아?

조절하는
것도 한계가
있다니까.

회사원보다
좀 나은 건 그냥
출퇴근이 없는
것뿐이야.

물론 새벽에도
일할 수 있다는 장점
인지 단점인지 모를
장점은 있다….

그게….
힘들겠다.

저, 지금 아이랑 둘이 있어서 당장은 힘들 것 같은데….

아… 곤란하네요.

잠시만 기다려 주시겠어요? 한 시간 정도….

저런 워킹맘

대부분의 내 친구들은 회사에 다닌다. 그들이 결혼을 하거나 혹은 아이를 갖게 되었을 때 가장 먼저 하는 걱정은 일과 육아를 동시에 해내야 한다는 것이다. 친구들은 그 모든 것을 해내고 있는 것처럼 보이는 나에게 많은 질문을 하곤 한다. 나는 그럴 때마다 할 말이 없다. 육아와 일을 동시에 완벽히 해낼 수 있는 사람은 없다고 생각하기 때문이다.

―

아이를 돌보는 일은 시간을 필요로 한다. 내가 아는 한 그 어떤 일보다 정직하게 시간을 필요로 한다. 아이는 스스로 자라나지만 곁에서 모든 일을 도와야 하는 사람이 필요하다. 마치 회사에 사업지원팀이 꼭 필요한 것과 같은 이치다. 육아는 그 어떤 요행도 먹히지 않는 일이다.

―

'육아는 아이템발'이라는 말이 흥했던 적이 있다. 아이 돌보기에 최

적화된 장난감과 도구가 있다면 아이와의 시간을 쉽게 보낼 수 있다는 것이다. 하지만 그 아이템 역시 아이 옆에서 함께 사용해 줄 사람이 필요하다. 나는 단호하게 말할 수 있다. 결국 육아는 양육자의 손길 없이는 불가능하다고. 돈 버는 일을 하는 사람이 동시에 아이를 키우는 일을 완벽히 해내는 것은 물리적으로 불가능하다. 슈퍼맨 같은 엄마는 말도 안 되는 소리다. 시간을 거스를 수 있는 타임머신이라도 하나 가지고 있거나, 분신술을 쓸 수 있다면 모를까.

―

그럼에도 불구하고 사람들은 '워킹맘'이라는 말을 붙여 가며 육아와 살림, 그리고 돈 버는 일을 동시에 완벽하게 해내는 어머니상을 찾는다. 나 역시 그 기대로부터 자유로울 수 없었다. 나의 경우에도 내 자신이 너무나 부족한 엄마라는 생각을 자주 해 왔다. 나는 전업주부였던 우리 엄마처럼 내 아이를 돌볼 수 없었다. 그 높은 기준은 나의 죄책감을 건드리기에 충분했다.

―

'잠깐, 그런데 내가 원이 엄마가 아니라 아빠였으면 어땠을까?'

그러던 어느 날 나는 문득 생각했다. 내가 지금 이대로 원이의 아빠였다면 어땠을까 하고 말이다. 나는 일하는 시간을 빼고는 최대한 아이를 돌보기 위해 노력한다. 게다가 아이를 돌볼 시간을 더 많이 만들기 위해 직업을 바꾸기까지 했다. 내가 아빠였다면, 아마 나는 모든 사람들의 칭찬을 듣는 '워킹대디'가 될 수 있었을 것이다. 하지만 '워킹대디'라는 말은 딱히 입에 붙지 않는다. 오히려 정말 존재하지도 않는 워킹데드라면 또 모를까. 아빠가 돈 버는 일을 하는 것은 너무나 자연스러운 일이며 이와 동시에 아빠가 돈을 버는 일을 한다는 이유로 양육의 책임에서 멀어져 있는 것 역시 너무나 자연스러운 일이기 때문이다. 대체로 사람들은 아빠에게 그 두 가지 책임을 한꺼번에 묻지 않는다.

—

나는 내가 일과 육아를 동시에 해낼 수 있었던 까닭은 전부 나와 함께 나만큼 아이를 헌신적으로 돌볼 수 있는 또 다른 양육자, 우리 엄마의 존재 덕분이라고 말한다. 때로 내가 겸손한 모습을 보인다고 말하는 사람들도 있지만, 전혀 아니다. 아마 나는 아이를 나처럼 키워 줄 수 있는 나의 엄마가 없었다면 어떤 경제활동도 할 수 없었을 것이다. 결국 내 엄마의 노동력이 나로 하여금 돈 버는 일을 가능하게 했다.

—

내가 아빠였다면 완벽에 가까운 아빠가 될 수 있었을지도 모른다. 하지만 나는 원이의 엄마이고 완벽한 '워킹맘'이 될 수 없었다.

—

사회가 말하는 '일'이란 효율적으로 돌아가야 한다. 그리고 그 효율

안에는 내가 아이를 키운다는 것을 배려할 만큼의 여유가 존재하지 않는다. 나 혼자였다면 결코 지금의 성과를 이룰 수 없었을 것이다. 나는 누군가 내게 꾸준히 일하는 비결을 묻는다면 나 혼자가 아닌 나와 엄마가 함께여서 이룰 수 있었던 것이라고 대답할 것이다.

—

그래서 당연하게 여기지 않았으면 좋겠다. 경제적 활동만 일이 아니다. 세상의 모든 엄마는 기본적으로 모두 '워킹맘'이다. 아이를 키우는 것 역시 몇 겹을 사랑으로 감싸고 보더라도 굉장히 수고스럽고 품이 많이 드는 '일'이다.

—

육아라는 일은 오롯이 엄마만의 책임이 아니며, 아이를 키워 내는 가족 구성원 모두에게 동등한 책임이 있다. 나는 이 사회에 살고 있는, 돈 버는 일과 육아를 동시에 하는 수많은 엄마 중 한 명으로서 '워킹맘'이라는 말을 거부한다. 돈을 버는 일, 공부를 하는 것, 그리고 아이를 키우는 일은 전부 일이고 한 사람의 몸으로 그 모두를 완벽히 해내는 것은 불가능하다. 나는 각자 자신이 선택한 길을 걷는 이 세상의 모든 엄마들에게 '워킹맘'이라는 말로 책임을 지우지 않기를 바란다.

…아이가 나오는데,

아, 저도 아이를 키우거든요. 그 부분은….

어머? 작가님 아이가 있으셨어요? 그렇게 안 봤는데…

몇 살 이에요?

나는 항상 이 질문 뒤에 불안감을 느끼곤 한다.

지금 5살이요.

너무 귀엽겠다. 결혼하셨구나. 저는 그러신 줄 몰랐어요.

그러게. 남편 분도 같이 작업 하시나요?

저 결혼 안 했어요.

이제 내가 그 분들이 묻는 말에 기대와 전혀 다른 대답을 하게 되면….

이혼했거든요. 남편은 없고 애만 있답니다.

늘 보는 반응 이지만 늘 새로운 느낌이군….

분위기는 순식간에 얼어붙는다. (이럴 거면 물어보지를 말든가….)

어느 상황에서는
사과를 하는 것이
오히려 사과를 하지 않는 것보다
못할 때가 있다.

어떤 경우

"제가 아이가 있어서요."

이 말을 하면 꼭 돌아오는 질문이 있다. 이는 두 가지 유형으로 분류된다.

첫 번째 유형) 아이의 나이, 성별을 비롯한 발달 과정.
두 번째 유형) 남편에 대한 것이다.

아이가 있다고 하면 열에 여덟 이상은 결혼했냐는 말과 함께 남편에 대해 묻는다. 나는 남편이 없고, 대체로 이 사실을 숨기지 않는 편이다.

"아, 저는 남편이 없어요."

내가 이 말을 하는 순간 보통 분위기는 뭐라 말할 수 없이 어색해진다. 그렇다. 기대하지 않은 답이 돌아오면 대부분의 사람은 당황하기 마련이다. 이게 왜 당황할 일인지 모르겠지만 하여간 그렇다. 좀 더 솔직하게 말하자면, 당황할 수도 있는 대답이 나올 질문은 하지 않는 게 맞다. 하여간 이 다음의 대답은 각양각색이다. 그중 가장 보통의 대답은 이렇다.

"죄송해요. 제가 그런 줄 모르고……."

몰랐겠지. 내가 말을 하지 않았으니까. 하지만 죄송할 것은 또 무엇인가. 나는 그 말에서 상대가 '남편 없이' 아이를 키우는 여자를 어떻게 생각하는지 느끼게 된다. 그들은 내가 남편이 없다는 사실을 숨기거나 말하고 싶지 않아 할 것이라고 생각했을 것이다. 그러니까 조금도 죄송할 일 없는 말에 죄송하다는 말을 붙여 가며 말했겠지. 나는 매번 그 말을 웃어넘긴다.

"아뇨, 죄송할 일은 아니죠. 그냥 사실이 그런데요."

내가 그 사실을 숨기고 싶어 했다면 처음부터 남편이 없다는 사실을 저렇게 대놓고 말하지 않았을 것이다. 나는 남편이 없고, 아이가 있다. 그리고 그 사실에 아무런 거리낌이 없다. 상대방이 먼저 남편에 대해 물었고, 남편이 존재하지 않는 것이 사실이어서 말한 것뿐이다. 이것은 나의 선택이고 내 선택에는 아무런 문제가 없다. 그런데 그게 뭐 어때서?

——

친구를 만났다. 아마 예의 상황이 벌어진 수많은 미팅 중 하나를 마친 뒤였을 것이다. 친구가 내 이야기를 듣더니 말했다.

"그 사람들이 당황할 수도 있지. 네가 '아무렇게' 생각할 일을 '아무렇지 않게' 말하잖아."

나는 갑갑해졌다.

"아니, 그런데 잘 생각해 봐. 그렇다고 내가 울면서 말해? 아니면 우울한 표정으로 시무룩하게 말해야 해? 그럴 일은 아니잖아."

"아니, 그런 뜻이 아니라. 너무 훅 들어갔다 이거지. 깜빡이도 안 켜고."

"그렇게 치면 초면에 남편 얘기 물어본 사람도 훅 들어온 거 아냐?"

친구가 착잡한 듯 말했다.

"그건 그렇지만, 이혼이나 남편이 없다는 게 대놓고 말할 즐거운 이야기는 아니니까?"

"알아. 그런데 먼저 물어봤잖아. 애초에 내가 결혼한 상태가 아닐 가능성이 있는데 그것도 생각하지 않고 물어본 다음에 당황한 건 그쪽 문제지. 그리고 그걸 티 낼 필요는 더 없는 거고. 사람들이 그걸로 사과하는 게 더 기분 나빠."

내 말을 가만히 듣고 있던 친구가 슬쩍 물었다.

"여기 카페에서 맥주도 파는데, 한잔 할래?"

"아니, 나 이따가 원이 데리러 유치원 가야 해. 혹시 술 냄새 날까 봐."

뭐, 어쩔 수 없는 일이겠지. 마시지도 않은 맥주처럼 씁쓸한 마음을 뒤로하고 집에 가면서 생각했다. 기본적으로 사생활에 관한 문제는 당사자가 먼저 언급한 것이 아니면 물어보지 않는 편이 좋다고 생각한다. 하지만 그럼에도 궁금하다면 충분히 물어볼 수는 있다. 하지만 그 질문을 했다면, 상대가 어떤 대답을 한다고 해도 적어도 당황하는 모습은 보이지 않겠다는 각오 정도는 있었어야 하지 않나 하는 생각이 들곤 하는 것이다.

2017년에 혼자 떠난 여행. 그 낯선 곳에서,

나를 가장 놀라게 했던 것은…

아주 다양한 모습의 사람들이
아무렇지도 않게 섞여 있다는 것.

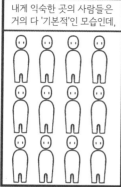

내게 익숙한 곳의 사람들은
거의 다 '기본적'인 모습인데,

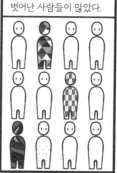

이곳은 '기본적'인 모습에서
벗어난 사람들이 많았다.

우리나라에는
저런 사람들이
없는 걸까?

여기는 지워지지 않아도 되니까 보이는 거고.

뭔가 마음이 편하다.

만약에….

여기서 원이랑 둘이 같이 살면 어떨까?

분명 좀 더 자유롭게 지낼 수 있을 것 같은데.

…그래! 나중에 꼭 원이랑 여기서 살 거야!

그런데 언제… 쯤?

66

그리고 정확히 3년 뒤,
나는 이민을 결심한 나라에서
비행기로 6시간이 더 걸리는 나라의
영주권을 얻게 된다.

저런 새로운 환경

원이가 두 살이 되었을 때, 나는 혼자 여행을 떠났다. 혼자 다른 나라에 배낭 하나를 메고 발길 가는 대로 돌아다니는 것. 살면서 꼭 한번 해 보고 싶었던 일이었다. 부모님은 흔쾌히 원이를 맡아 주겠다고 하셨다. 하지만 무턱대고 떠날 수 없는 처지에 계획을 몇 번을 미루고 미뤄야 했다.

———

그때는 내가 작가라는 새로운 직업으로 자리를 잡아 가고 있을 무렵이었고, 뭔가 새로운 목표가 필요한 시점이기도 했다. 원이에게 기저귀가 필요 없어지고 작업 의뢰가 끊이지 않게 되었을 무렵, 나는 비로소 홀가분한 마음으로 여행을 떠날 수 있었다.

———

인터넷을 뒤져 가장 싼 티켓을 찾았다. 학기가 시작되고 다들 일이 바쁜 4월. 성수기의 반값 정도에 왕복 비행기 표를 사고 창고에 처박아 두었던 트렁크를 꺼냈다. 떠나기 전날까지 마감을 하고 비행기에서도 일을 할 거라며 컴퓨터까지 챙겼으니 완벽한 자유는 아니었지만, 지난 몇 년간 느껴본 적 없는 자유였다. 조금 홀가분한 기분이 들었다. 잠시 낯선 환경, 낯선 언어, 그리고 그 낯선 것들이 익숙한 일상인 낯선 사람들 사이에 이방인으로 지내다가 가고 싶었다. 정말 지극히 낭만적인 생각으로 출발한 계획 없는 여행이었다. 그리고 별생각 없이 떠났던 여행이 내 인생의 방향을 완전히 바꿔 버렸다.

—

나는 낯선 곳에 도착하자마자 노천에 앉아 커피를 마시며 낯선 사람들을 관찰했다. 옷차림, 인종, 표정, 얼굴, 신체적인 특징까지 내가 사는 사회에서는 보기 드문 모습들이 심심치 않게 보였다. 그런데 누구 하나 그 모습을 신기하게 보는 이가 없었다.

'이 동네는 사람들이 다양하네.'

그러다 문득 딱히 그 낯선 곳에 평범하지 않은 사람이 많은 것이 아닐 수 있겠다는 생각을 하게 됐다. 평범하지 않음을 숨기거나 감추지 않기 때문에 보이는 것이라는 생각.

—

여행 중 나는 에어비앤비 호스트와 대화를 하게 됐다. 호스트는 나보다 7살이 많았고 13살짜리 아이를 키우는 싱글맘이었다.

"정말? 나도 싱글맘이야."

그는 내가 싱글맘 2년 차에 처음으로 만난 다른 싱글맘이었다. 그 역시도 내가 싱글맘이라는 말에 몹시 반가워했다. 혼자서 아이를 키운다는 사실은 우리에게 꽤 큰 동질감을 주었다. 게다가 그 역시 자신의 엄마와 함께 살면서 아이를 키우고 있었다.

"음, 싱글맘으로 사는 거 어때? 질문이 조금 이상하게 들리겠지만, 내가 사는 나라에서는 싱글맘이라는 사실이 꽤 많은 의미를 가지거든."

나는 손짓 발짓을 동원해 가며 애써 내가 느끼는 싱글맘의 삶을 설명했다. 그는 내가 하는 말을 끝까지 들어준 뒤 천천히 대답했다.

"그걸 우리는 그렇게까지 생각하지는 않아. 그래도 엄마니까 당연히 자식을 잘 키워야 한다고 생각하는 점은 있어. 나는 젊었을 때 엉망으로 살았어. 하하. 하지만 애를 낳고는 한 번도 예전에 했던 바보 같은 짓을 하지 않았지. 그런데 사람들은 엄마가 그렇게 하는 게 당연한 줄 알아. 애 아빠는 여전히 그 바보 같은 짓을 하며 살고 있는데 그것도 당연한 줄 알고. 불공평하지."

나는 고개를 끄덕였다. 우리는 몇 가지 자잘한 이야기를 더 하고 기분 좋게 헤어졌다. 그는 나와 원이의 행복을 진심으로 빌어 주었다.

나 역시 마찬가지였다. 처음 만난 사람과 이런 유대감을 느낀 경험은 처음이었다.

나는 한국에서 싱글맘 친구를 한 명도 만나지 못했다. 내 친구들도 내가 유일한 싱글맘 친구라고 말하곤 한다. 하지만 놀랍게도 이곳에서 나는 낯선 언어로 만든 몇 마디 말로도 싱글맘 친구들을 만날 수 있었다. 이 낯선 곳에서는 내가 속한 사회였다면 몇 번이나 탄성이 나왔을 이야기를 다들 쉽게 이야기했고, 그것을 일반적인 기준과 조금 다른 것일 뿐, 틀리다고 여기지 않았다. 원이를 생각하면, 그리고 나를 생각하면 우리는 확실히 이 낯선 사회에서 사는 것이 더 좋을 것 같았다. 나는 그때 떠나기로 결심했다.

내가 떠나겠다고 결심했던 그 낯선 곳은 네덜란드였다.

그 결심으로부터 2년이 지난 뒤, 나는 네덜란드에서 비행기를 타고 7시간은 더 가야 하는 캐나다의 영주권을 신청했다.

어… 아… 그러니까…. 한국 사람이라고요?

…네.

저 지금 여기서 한국인 처음 만났어요.

일주일 동안 말 한마디 안 하고 보드만 탈 뻔….

저는 한 한 달? 그쯤 됐나?

여기까지 와서 한국 사람이랑 대화할 생각도 딱히….

뭐, 없을 수도 있죠. 어디 살아요? 여행 오신 거예요?

서울이요.

어? 저도요. 전 ○○역 근처인데 어느 쪽이요?

와, 직업이 만화가라니 신기해. 엄청 멋있네요.

멋있다기보단 딱히 흔치 않은 것뿐이에요.

회사원이나 작가나, 그냥 업무의 종류가 다를 뿐이고 다 똑같지 않나요? 그냥 다들,

먹고 살려고 하는 일이죠. 특히 나같이 안 유명한 작가는….

그러게요. 그냥 똑같…

그건 그렇고 저 용건 없이 남자랑 대화하는 거 4년 만인가? 생각보다 편해서 신기하다.

불편하지는 않네….

…에? 4년이요? 대체 왜요?

이혼한 지 그쯤 됐거든요. 그 뒤로는 모르는 남자랑 말 섞기도 싫어서?

게다가 나는 애 딸린 이혼녀거든요. 애 키우고 일하느라 바쁘기도 했고.

그래도 쉬운 결정은 아닐 것 같은데….

정말 멋지다.

멋?

멋은 무슨…. 난 그냥 도망치고 싶은 건데?

도망칠 수 있는 것도 용기잖아요. 일단 도전해 본다는 것 자체가?

…그렇다면 고마워요.

캐나다에서 영주권을 줘야 진짜 멋있어지겠지만…

눈 진짜 많이 오네!

잠깐 나갔다 올까요?

생각해 보니,
나는 지난 4년 동안
누구를 정말 많이 안아 줬는데,
누가 나를 먼저 안아 준 건
그날이 처음이었어.

어떤 만남

다른 사회에서 살아야겠다는 결심을 한 뒤, 나는 여러 나라를 찾아보기 시작했다. 내가 원이와 함께 가서 잘 지낼 수 있는 나라, 다양한 사람들이 자신을 숨기지 않고 살아도 되는 나라. 그중 하나가 캐나다였다. 게다가 캐나다에는 나와 같은 프리랜서 예술가에게 영주권을 주는 프로그램이 있었다. 나는 망설임 없이 우리의 다음 미래를 캐나다에서 시작하기로 결정했다.

프리랜서로 예술 관련 직종에 종사하는 것의 가장 큰 장점을 말하라면, 나는 '아티스트 인 레지던스'라는 프로그램을 꼽겠다. 이것은 말 그대로 예술가 거주 지원 프로그램이다. 정부 혹은 개인 단체가 작가에게 현지에서 지낼 곳과 작업실을 제공하고 전시 혹은 세미나를 진행하거나 현지 예술가와의 교류를 돕는 것이다. 나는 이 프로그램을 통해서 캐나다에 첫발을 내딛을 수 있었다. 나는 브리티시컬럼비아주의 인구가 2만 남짓한 도시에서 한 달을 지내게 됐다. 내가 그곳에 있는 기간에는 크리스마스 시즌이 겹쳐 있었다. 그랬다. 살면서 처음으로 크리스마스를 혼자 보내게 된 것이다.

—

사실 나는 크리스마스를 좋아하지 않았다. 잔뜩 들뜬 그 기분이나 조명이 일렁이는 연말의 분위기는 좋았지만 그뿐이었다. 나에게는 종교도 없었고 그날 뭔가를 딱히 축하할 만한 일도 없었다. 게다가 크리스마스에는 뭐든지 너무 비쌌다. 시간이 지나 원이가 태어난 뒤로 크리스마스는 나에게 산타클로스가 되는 날이 되었다. 원이 역시 그 또래 아이들이 그렇듯 정체를 정확히 알 수 없는 어느 할아버지가 홀연히 나타나 선물을 준다는 사실에 열광했다. 해마다 크리스마스 시즌이 되면 나는 원이에게 줄 선물을 고민했다. 특별한 것은 그것뿐이었다. 하지만 이번에는 조금 달랐다. 처음으로 혼자 보내게 된 크리스마스를 조용히 보내기는 싫었다. 그래서 나는 이 작고 조용한 도시를 떠나 여행을 가기로 했다. 12월 24일, 나는 짐을 챙겨 휘슬러로 향했다. 그리고 거기에서 그를 만났다.

—

"아, 한국 사람이에요?"

그는 혼자 보드를 타러 이곳에 온 평범한 회사원이었다. 나는 처음 보는 평범한 사람에게 경계심이 있다. 그래서 대충 그를 피하기로 결심했다. 분명 내 태도는 꽤나 공격적이었는데 그는 전혀 그렇지 않았다. 대화가 길어지기 시작했다. 무심결에라도 내게 거슬릴 만한 말을 한 번 할 법도 하건만 그는 단 한 순간도 그러지 않았다. 한참이 지나서야 시간이 훌쩍 지나갔다는 것을 깨달았다. 모르는 사람과 긴장을 풀고 대화한 것이 얼마 만인지 모른다고 생각했다.

캄캄한 새벽, 굵은 눈송이가 쏟아져 내리고 있었다. 우리는 잠시 밖으로 나갔다. 화이트 크리스마스라고 좋아할 수도 있었겠지만, 이곳은 워낙에 눈이 많이 오는 지역이라 그런가 보다 하고 지켜보았다. 술에 취해 길에 나뒹구는 사람들이 시끄럽게 굴며 지나갔다. 우리는 그 모습을 키득거리며 지켜보았다.

누나!
이쪽이야.

날도 더운데
치맥 콜?

오!
완전 콜!

저, 이거
왼쪽 팔이
의수거든요.
몰랐죠?

캐나다에서 만난 그 친구는,

응, 몰랐어.

정말 건강한 사람이다.

왜, 그거 있잖아.
가끔 쓸데없는 동정
하는 사람들.

아, 헐!

100명의 사람이 있다면
100명의 사람이 다 다르게 생긴 것처럼
그냥 마찬가지 아닌가?

저런 친구

한국에 돌아온 뒤, 다시 일상이 시작되었다. 영주권 신청이란 끊임없는 기다림의 연속이었다. 그저 기다리는 것밖에 할 수 있는 것이 없었다. 그 와중에 달라진 것이 하나 있다면, 새로운 친구가 하나 생겼다는 것이었다. 캐나다에서 만난 한국인 친구.

———

그는 원이보다 어렸을 때 일어난 사고로 왼손이 없다. 사실 나는 그가 말하기 전에는 눈치도 채지 못했다. 아마 그럴 리가 없을 거라고 생각해서, 내가 한 번도 그런 특징을 가진 친구를 만나 본 적이 없어서 그랬던 것 같기도 하다. 그가 얼마나 그 사실을 담담하게 말했던지 그게 아무것도 아닌 일처럼 보였다. 정말 아무렇지도 않은 것 같았다. 그래서 나도 그냥 그렇구나 했다. 나는 그가 아주 건강한 사람이라고 생각했다.

———

어느 날은 문득 궁금해져서 물었다.

"혹시 불편하다고 느낀 적 있어?"

"응? 나는 워낙 어릴 때부터라 그냥 이게 자연스러운⋯⋯."

마침 그는 보통 양손으로 하는 일을 하고 있었다. 하필이면. 나는 두 손을 저었다.

"아니, 아니. 그런 거 말고, 사람들 말이야."

"아, 그런 거? 그래도 요즘은 교육이 잘 돼서 딱히 불편한 상황은 없었어."

그는 그렇게 말하고는 다시 하던 일을 계속했다. 그러다가 다시 그가 입을 열었다.

"⋯⋯오히려 가끔 어쭙잖게 도와주려고 하는 사람들이 불편할 때는 있는데, 어쩔 수 없는 거지 뭐."

"아, 나도 그거 싫어해. 도움이 필요하면 알아서 도와달라고 할 텐데, 괜히."

내 말에 그가 말했다.

"뭐, 나쁜 뜻은 아니니까."

"난 걱정해 주는 척 하면서 내가 문제가 없다는 사실을 부인하는 사람들을 너무 많이 봤어. 내가 괜찮을 리 없다고 생각하는 거지. 그런 동정하는 거 진짜 싫어. 얼마 전에는 좋은 남자를 다시 만나기를 바란다면서 나의 행복을 위해 기도해 주겠다고 한 어르신도 있었다니까?"

"기도?"

실소에 가까운 웃음이 터졌다.

"그래, 괜찮을 리가 없다고 생각하나 봐. 나는 전혀 불행하지 않거든? 남편이 없어서 행복하지 않을 거라고 생각하는 게 불편해."

"그분은 결혼 생활이 행복하신가 보네."

"뭐, 그럴 수도 있겠네."

그는 이런 이야기를 불편하지 않게 만들었다. 그는 한참 날이 서 있던 나보다 훨씬 부드러운 느낌이었는데, 그럼에도 결코 쉽게 흔들리지도 않았다.

신작 관련 출판사와 미팅 중

걸려 온 전화 한 통.
이민 서류 대행업체였다.

일단 미팅
끝나고 나서 다시
연락하자.

궁금한 마음을 꾹꾹
누르고 미팅을 마친 뒤,
다시 전화를 걸었다.

1부. 어떤 싱글맘의 탄생

네, 부재중 전화가 와 있어서 다시 전화 드렸습니다.

네, 지금 캐나다 이민성에서 신체검사 지시서가 왔습니다.

신체... 검사면,

상당히 긍정적인 뜻 맞는 거죠?

아마도,

건강에 문제만 없으면

올해 안에 영주권이 나올 겁니다.

아직 전화도 안 끊었어!

애써 침착

아, 잠깐, 정신 차려.

감사합니다. 그럼 메일 주시면 확인할게요. 네.

엄마, 엄마랑 원이한테 빨리 알려 줘야지!

엄마! 방금... 응, 응! 아마 잘된 것 같아. 응, 고마워. 원아! 이따 봐!

이제 됐다!

그리고 그 소식을 들은 날은,

빨리 밥 먹고 집에 가야겠다.

완전 신났네…

캐나다에서 만난 친구와 약속이 있는 날이었다.

하고 싶었던 일을 하고
살고 싶었던 곳에서 살 수 있게 되었다.

모든 것이 순조롭다.
이 이상 좋을 수 없을 정도로!

어떤 소식

캐나다 영주권을 신청한 지 정확히 9개월 되던 시점이었다. 지루한 기다림은 생각보다 빨리 끝났다. 처음 내가 목표로 했던 것은 전부 다 이룬 것 같았다. 좋은 결과를 보니 기분이 좋았다. 그냥 좋은 정도가 아니라 살면서 이렇게까지 나 자신이 좋았던 적이 없었다. 막막하기만 했던 순간들을 순식간에 보상받는 기분이었다. 한동안 술 한 잔 마시지 않고 취한 것처럼 살았다. 어차피 남 일이라 오래 떠들지는 않았겠지만, 나에 대해 쑥덕거렸을 사람들에게 말해 주고 싶었다. 내가 실패한 건 결혼 생활이지 내 인생이 아니라고. 어린 나이에 애 낳고 이혼한 여자가 이렇게 잘 먹고 잘 사는 모습을 보여 주고 싶었다. 나는 힘든 일을 겪고 강해졌고 더 유능한 사람이 되었다. 나이만 어른이지 제대로 할 수 있는 일 하나 없는 것 같았던 방황의 날들이 아득하게 느껴졌다. 한 사람을 책임질 수 있는 어른이 되었다. 누구는 내가 아픈 일을 겪어서, 마음에 상처가 있을 것이고 괜찮아 보이려고 애쓰고 있다고 그렇게 생각하겠지만, 나는 정말 조금도 그렇지 않았다.

힘들었던 그 일은 모두 다 끝난 일이다. 이제 나는 미래를 새롭게 시작할 준비도 마쳤다. 이제 더 바랄 것이 없다, 그렇게 생각했다.

프리랜서의 장점은
내가 일할 수 있는 시간에
일을 마치면 된다는 것이다.

프리랜서의 단점은
일과 삶의 경계가
무너진다는 것이다.

그저 일하는 일요일과
쉬는 휴요일이 있을 뿐….

벌써 12시네.
적당히 하고 자라.

여기까지 하고.
엄마는 안 자?

어떤 일상

8:00

아침에 눈을 뜨면 대충 8시 언저리, 대충 눈을 뜨고 일어나서 원이를 깨운다.

8:30

눈 뜨자마자 밥이 안 들어간다는 엄마랑 더 일찍 일어나 운동 나가는 아빠 덕분에 아침 식사는 나랑 원이 둘이서 먹는다.

9:00 ~ 9:30

원이 유치원 등원. 초등학교 병설 유치원이라 초등학생들과 함께 등원한다.

10:00

작업실 출근. 메일을 확인하고 요청 사항을 정리한 뒤 하루 일정을 짠다. 조금 한가한 날에는 근처 운동 센터에 가서 운동을 하고 오기도 한다.

15:30

원이 유치원이 끝나는 시간. 요즘은 주로 엄마가 원이를 데리러 간다.

18:00

급한 마감이 없으면 주로 칼같이 6시면 집에 오려고 노력하는 편이다. 곧바로 엄마와 함께 저녁 식사 준비 시작.

20:00

설거지도 끝나고 원이와 함께 이것저것 하면서 논다.

22:00

원이가 잔다. 원이가 자고 나면 하루가 이제 거의 다 끝났다는 뜻이다. 그리고……

—

22:30 ~

일은 끝날 때까지 끝난 것이 아니다. 원이가 자고 나면 나는 다시 일어난다. 엄마는 집안일을 마치면 커피를 마신다. 나는 엄마와 하루 종일 있었던 좋았던 일과 힘들었던 일을 이야기한다. 이야기가 끝나면 엄마는 책을 가져와서 읽거나 오디오북을 듣는다. 그리고 빠르면 1시, 늦으면 해가 뜰 때까지 나는 남은 작업을 일정에 맞춰 끝낸다.

2부
저런 사람의 사정

2부
PROLOGUE

얼마 뒤, 원이와 캐나다에 다녀왔다.

석 달 뒤에는 영주권이 나왔고,

작업 의뢰도 꾸준하게 들어왔다.

원이도 츄츄도 건강하게 잘 자라고,

친구를 만나는 것도 여전히 재미있고,

이쪽이야!

그럼~!
너 요즘 잘 살고
있는 것 같더라?

오랜만이다.
잘 지냈어?

오래된 친구들도 지금 내가 보기 좋다고 한다.

내가 보기에도 그렇다.

이보다 더 좋을 수 없을 만큼 좋아 보인다.

나는 정말 잘 해내고 있었다.

PROLOGUE

처음에는 그냥 별일 아니라고 생각했다.
그냥 그날따라 잠이 오지 않았다고,
그렇게 생각하며 가볍게 넘겼다.

이게 그리 간단한 문제가 아니라는 사실을 알게 된 것은
이 일이 몇 번 더 반복되고 나서였다.

어떤 잠 못 이루는 밤

모든 것이 다 좋았고 더는 좋아질 수 없을 정도라고 생각했던 어느 날, 갑자기 잠이 오지 않았다. 평소였다면 잠들고도 남았을 시간이었다.

"이놈의 휴대폰을 그만 봐야지."

처음에는 쓸데없이 휴대폰을 보다가 잘 시간을 놓친 것뿐이라고 생각했다. 종종 남들이 사는 이야기나 중요하지 않은 일들을 구경하느라 시간 가는 줄 모르곤 하니까. 이번에도 그럴 것이라고 생각했다. 그런데 이번에는 조금 달랐다. 아무리 눈을 감고 기다려도 잠들지 못했다.

"이상하다."

꽤 이상한 일이었다. 아무런 생각도 하지 않았고 개운하게 일을 다 마쳐 놓은 상태였는데 잠이 오지 않았다. 결국 한참을 뒤척이고 다시 일어났다가, 잠이 잘 오는 법 몇 개를 검색하고 그대로 따라 해 보기도 했지만 여전히 잠이 오지 않았다.

―――

다시 눈을 감았다. 나는 머리를 비워 내려 애썼다. 그래도 여전히 정신은 말끔하게 깨어 있었다. 시간이 계속 지나자 조금씩 불안해졌다. 잠을 자지 않으면 분명 다음날의 컨디션이 엉망이 될 것이고, 그날 해야 할 일들이 제대로 돌아가지 않을 것이었다. 내가 잠을 자지 않아도 밤은 지나간다. 결국 어두운 새벽이 지나 동이 트고 창 너머로 새소리가 들려왔다. 나는 자리에서 일어났다. 조금 몽롱했지만 일단은 괜찮은 것 같았다. 나는 다시 일상으로 돌아갔다.

"하루 정도는 안 자도 별 문제 없으니까."

나는 이 일에 대해 깊이 생각하지 않기로 했다. 문제는 그 다음이었다. 다음날도, 그 다음날도 눕기만 하면 쓰러져 잘 수 있을 법한 상태였음에도 불구하고 잠이 오지 않았다. 어쩌다 운 좋게 잠들어도 번번이 깨고 말았다. 그럴 때면 보통은 이상한 꿈을 꾸었다. 깨고 나면 식은땀이 줄줄 흘렀다. 시계를 쳐다보면 지난 시간은 고작 한 시간 남짓. 그런 밤이 몇 번이나 반복되었다.

오늘 저녁에
뭐 먹을까?

···저녁?
나 밥 생각
없는데?

에이,
그러지 말고

요즘 살 빠진
것 같다? 점심도
안 먹었지?

응···.

···너 떡볶이
먹을래?

별로.

뭐? 떡볶이가
별로라고?

헐?

그러게,
떡볶이 엄청 좋아
하는 건데···.

점심도
굶었는데···.
왜···.

생각해 보니까
요즘 들어서 뭘 먹고
싶다고 생각한 적도
없어.

112

불면증이 시작된 후
그 다음은 식욕이 없어졌다.
공복으로는 아무것도 못한다고 말하곤 하던 내가
놀랍게도 아무것도 먹고 싶지 않았다.

그때도 나는 그냥 그럴 수도 있다고 생각했다.

엄마, 엄마.
밥 안 먹으면 키 안 크는데
왜 엄마 밥 안 먹어?
어디 아파?

아니, 엄마
아픈 거 아닌데?

저런 증상

가끔 기분이 좋지 않으면 나는 자기 전에 다음날 먹고 싶은 음식을 떠올리곤 했다. 먹고 싶었던 음식을 먹는 나를 상상하면 우울한 기분이 잠시 잊혔다. 그리고 밤에 떠올렸던 음식을 다음날 사 먹으러 갔다. 그러면 기분이 정말 좋아졌다. 그 정도로 나는 먹는 것을 좋아하는 사람이었다. 그런데 불면증이 생기고 얼마 지나지 않아서 갑자기 밥이 좀처럼 넘어가지 않았다. 자기 전에 먹고 싶은 음식을 떠올리려고 노력해 봤지만 먹고 싶은 것도 없었다. 물론 기분도 좋아지지 않았다.

"그래도 좀 먹어야지."

엄마의 말에 애써 꾸역꾸역 밥을 먹었다. 한번 먹고 나면 위장이 쥐어짜이는 듯한 느낌이 들었다. 이런 상황이 반복되자 엄마가 내게 무슨 문제가 있을지도 모른다는 사실을 알아차렸다.

"너 먹고 싶은 거 하나도 없어? 떡볶이 해서 먹을까? 아니면 나

가서 먹어도 좋고."

"아니, 그냥……."

잠시 고민했다. 먹고 싶은 것이 아주 없지는 않을 것이다.

"……잘 모르겠어."

"너 배 안 고파? 그러다가 큰일 나."

이상한 기분이었다. 사실 배가 고프긴 한 것 같았다. 가끔씩 명치가 타는 듯 쓰려 왔기 때문이다. 하지만 먹고 싶다는 생각은 조금도 들지 않았다. 이쯤 되니 나는 조금씩 무서워졌다.

———

제대로 잠을 자지 못하고 밥도 제대로 못 먹으니 점점 말라 가는 기분이 들었다. 그 와중에 아무것도 하지 않으면 안 될 것 같아서, 매일 아침 운동을 나갔다. 시간에 맞춰 움직이면 다시 수면 패턴이 돌아올 것 같아서였다. 일도 하던 만큼 계속했다. 억지로라도 가족들 앞에서 밥을 먹었다. 새벽 내내 뒤척이고 아침이 되면 잘 자고 일어난 척을 했다. 그마저 제대로 하지 못하면 나 스스로가 싫어질 것 같았다. 내 몸은 충분히 신호를 보냈지만, 나는 그 모든 신호를 무시했다. 나는 괜찮았다. 나는 나 자신을 믿었다.

컨디션은 갈수록 엉망이 됐다.

자는 시간이 무서웠고,

식욕도 잃었다.

난
왜 이리 바보인지,
어리석은지….

나는 누구인가
또 여긴 어디인가.

번데기가 된 것처럼.

사실 전에도 몇 번 이런 적이 있었다.

일하기 싫다…
진짜 싫다.

…내가 지금
내 새끼들 놔두고
뭐 하는 거야?

하지만 매번 금방 털고 나올 수 있었다.
왜냐하면 나에게는 책임져야 할 것이 있었고,

오히려 그 상태를 이겨내고 일을 끝내면

원이야, 엄마가 돈 벌어 올게. 금방 하고 보자!

이번에도 해냈어. 난 역시 멋진 어른….

심지어 뿌듯하기까지 했다.

우리 원이를 생각하자. 우리 집 고양이를….

나는 할 수 있다. 할 수 있… 어?

…어?

왜 안 되지? 분명히 이쯤 됐으면 정신 차리고,

다시 일할 수 있어야 하는 거 아니야? 갑자기 왜 이래?

이번에도 분명 그렇게 금방 이겨낼 수 있을 줄 알았다.

나는 다시 한번 떠올려 보기로 했다.

엄마! 일 열심히 해!

야아옹! 야옹, 야옹!

내가 사는 이유, 내가 일하는 이유를.

그래, 내가 이러고 있으면 안 되지.

이제 다시 일어날 수 있을 것 같...

으아아악

나는 내가 튼튼한 사람이라고
생각했다. 하지만 모든 것은
정말 순식간에 무너져 내렸다.

…제가 아파서
마감을 좀 미뤄야
할 것 같아요….

죄송합니다…

죄송합니다…

저런…….

사람은 누구나 자기 자신만의 원동력을 가지고 있다. 누군가에게 그
것은 사회적인 명성 혹은 명예와 같은 것일 수도 있다. 또 누군가에
게는 물질적인 여유와 풍요일 수도 있다. 아니면 소중한 사람이나 신
이 그의 원동력일 수도 있을 것이다. 나의 경우는 그것을 꽤 오랫동
안 찾지 못한 편이었다. 나는 그다지 열정적인 삶을 살아 본 적이 없
었다. 그저 눈앞에 당장 주어진 하루하루를 보내는 적당히 평범하고
적당히 게으른 사람이었다.

—

나는 나의 원동력을 아이를 낳고 나서 알게 되었다. 그것은 바로 책
임감이었다. 어쩔 수 없이 주어진 최소한의 책임 정도만 다하고 일을
내려놓던 나에게 다른 사람의 인생이라는 큰 책임이 주어지고 나니
최선을 다할 수밖에 없었다. 나는 이제 내가 책임져야 할 것들을 생
각할 줄 알게 되었다.

―

그러한 이유로 나는 일이 지독히도 하기 싫을 때는 늘 원이를 제일 먼저 떠올렸다. 내 가족을 생각하면 나는 일이 하기 싫어도 어떻게 해서든 자리에서 일어나 그 일을 마칠 수 있었다. 그런데 이번에는 그것이 통하지 않았다. 마치 모든 것이 산산조각 나는 느낌이었다.

―

그 상태로 한 달 정도를 버텼다. 그제야 나는 내가 아프다는 사실을 확실하게 알게 되었다. 내 상태를 인지하자마자 나는 그동안 쌓아 올린 모든 것을 망쳐 버릴 것 같다는 두려움에 휩싸였다. 프리랜서의 삶이라고 하면 사람들은 '하고 싶은 만큼', '스스로 스케줄을 만들어서' 일할 것이라고 생각한다. 하지만 현실은 그와 정반대였다. 언제 작업이 끊길지 모른다는 불안감에 할 수 있는 한 모든 일을 받아 왔다. 하기 싫은 작업도 선뜻 나서서 일했다. 사실 바로 이때 쉬었어야 했다. 하지만 벌여 놓은 일 때문에 조금도 쉴 수 없었다. 항상 그랬다. 하필이면 가장 아팠던 시기에 가장 일이 많았다. 일정이 조금씩 밀리기 시작했다. 그럴 때마다 더욱 불안해졌다. 당장 일을 해야 하는데 무력하게 시간을 버리는 내 모습이 싫었다. 그럴 필요까지는 없었는데, 나 자신이 쓸모없는 사람이 되었다는 생각이 들었다.

―

내가 왜 이러는지 나 자신도 도무지 감이 잡히지 않았다. 처음에는 몸이 아픈 것으로 생각했다. 나는 직설적이고 의사 표현이 확실한 편이었다. 그리고 누구보다 정신 건강이 좋다고 스스로 자부했던 사람이었다. 나에게는 그 어떤 감정의 문제도 없으리라고 여겼다. 하지만 건강상의 문제는 하나도 발견되지 않았고, 모든 몸의 신호는 내가 아프다고 말하고 있었다. 이대로 가면 나는 아무것도 할 수 없을 것 같았다. 나는 이 상태에서 빠져나와야 했다. 그래서 나는 심리 상담을 받아 보기로 했다.

…그랬군요. 이제 다른 얘기를 해 볼까요?

과거에 결혼을 선택한 이유는 뭐였죠?

…네?

…그건,

그냥 제가 임신해서요.

…그럼 상대에게 바라는 점 같은 건 없으셨나요?

글쎄요, 제가 상대에게 바라는 점은….

124

나는 아빠가 무관심한 만큼
나에게 영향을 준 것이 거의 없다고 생각해 왔다.
그게 사실 그렇지 않다는 것을 알게 된 것은
상담을 다니면서부터였다.

내 인생에
아무 영향도 끼치지
않은 줄 알았는데
그렇게 큰 영향을
줬다니….

저런 선택

내가 심리 상담을 가게 된 까닭은 내가 아픈 이유를 알고 싶었기 때문이다. 상담은 먼저 그동안의 내 상태에 관한 이야기로 시작되었다.

　"일단, 저는 이혼을 했어요. 지금 혼자 아이를 키우고 있고요. 그런데 괜찮아요. 저는 경제적인 문제도 없고 육아를 적극적으로 함께해 주시는 엄마도 있거든요. 게다가 이혼하고 나서 하는 일들이 다 잘 됐어요. 하여튼 그래서 제가 이혼한 이유는……."

막상 먼저 말을 꺼내자니 갑자기 목이 막히는 것 같았다. 상담사 선생님은 나를 안심시켰다.

　"천천히 말씀하셔도 괜찮아요."

잠시 상담실을 둘러보았다. 테이블 위에 갑 티슈 하나가 놓여 있었다. 나는 혹시 몰라 티슈 한 장을 뽑아서 손에 쥐었다.

"……서로 잘 맞지 않는 정도를 넘는 수준의 문제가 있었어요."

——

상대방은 분노를 잘 참지 못하는 사람이었다. 원래 그런 것은 아니었다. 분명 처음 그의 가장 큰 장점은 착하다는 것이었다. 그래, 그는 착했을지도 모른다. 그렇지만 갈등이 극에 달했을 때 그는 순식간에 돌변했다.

"……어느 날은, 8차선 도로 위였는데, 신호 대기 중에 제가 그냥 차에서 내렸어요. 무슨 일이 생길지 모른다는 생각이 들었거든요. 운전대를 잡은 사람이 무서울 수 있다는 걸 처음 알았어요. 아, 어느 날은 길에서 다툼이 있었는데 저를 억지로 잡아끌고 가려고 했어요. 그때 저는 임신 중이었고요. 그리고 그걸 본 행인이 경찰에 신고를 했고……."

어느 순간에 나는 이야기를 하다 말고 울고 있었다. 확실히 그 테이블 위에 있는 티슈는 유용했다. 나는 몇 장의 티슈를 더 뽑아냈다.

"그때 처음으로 내가 약하다고 생각했어요. 그런데 웃긴 건 그 상황에서 제일 많이 들었던 생각은 무섭다거나 그런 게 아니라 부끄럽다는 거였어요. 저는 스스로 남 눈치를 보거나 신경을 쓰는 편이 아니라고 생각하는데 그때는 그게 안 되더라고요. 그때 내 상황이 남들 보기 부끄럽다고 생각했어요."

나는 뽑았던 티슈를 다 쓰고 또 새 티슈를 한 장 뽑았다.

"……그럴 필요 없었는데. 저는 왜 부끄러웠을까요?"

나는 말이 많은 사람이었고 내 이야기를 하는 데 주저함이 없는 편이었다. 하지만 그 이야기를 입 밖으로 꺼내는 데는 상당한 용기가 필요했다. 나는 꽤 오랜 시간을 혼자 참았다. 그리고 시간이 지나 마음의 결심을 하고 나서야 그때의 이야기를 할 수 있었다. 분명 내가 부끄러울 것이 없다는 것은 머리로 잘 알고 있었다. 하지만 그때의 나는 그렇지 못했다.

―

나는 그 일이 있고도 꽤 오래 침묵을 지켰다. 어쩌면 내 결정이 틀렸다는 것을 인정하고 싶지 않아서였을지도 모른다. 나는 이러다가 정말 큰일이 날지도 모른다는 생각을 한 후에야 빠져나올 수 있었다. 다행히도 나는 돌아갈 곳이 있었다.

―

"……그래요. 처음에 결혼을 결정한 이유는 무엇이었나요?"

이 질문에 대한 대답은 비교적 빠르게 할 수 있었다. 너무나 명확한 이유였기 때문이다.

"그건, 제가 임신을 했거든요."

나는 다시 차분함을 되찾았다. 나는 빠르게 말을 이었다.

"짧은 시간 안에 많은 게 변한 것 같아요. 겨우 몇 년 전인데, 그 때만 해도 애를 낳을 거면 결혼을 당연히 해야 된다는 분위기 이기도 했고, 또 그때는 낳고 싶었어요."

"음, 질문을 바꿀게요. 그럼 그동안 만났던 사람들에게 바라는 점 같은 건 없었나요?"

"그건……"

다시 말문이 막혔다. 생각해 보니 나는 딱히 상대에게 바라는 바가 없었다.

"별로 없는 것 같아요."

"기준이라든가 그런 건 없었어요?"

"기준……"

나는 고민에 빠졌다. 왜냐하면 나는 그동안 연애 상대에게 바라는 점이 별로 없었기 때문이었다.

"저는 일단 상대에게 기대하는 부분이 많지 않았던 것 같아요. 그냥 편하고 말이 통한다 싶으면 만났어요. 만나다가 별로면 그냥 헤어지면 되는 거니까요. 다만 제가 뭘 하건 간섭하거나 귀찮게 굴지만 않는다면 괜찮다고 생각했는데……."

나는 정말 안일한 마음으로 누군가를 만나 왔던 것이다.

"그 이유가 뭘까요?"

나는 또다시 고민에 빠졌다. 내가 한참을 대답하지 못하자 상담사 선생님이 말했다.

"……성장 과정에서 영향이 있었을 수도 있고요."

"아, 부모님을 생각해 보자면……."

곧 나는 내가 만나는 상대에게 별 기대감이 없었던 이유를 깨닫게 되었다.

"아빠의 영향이 꽤 컸던 것 같아요. 저희 아빠가 극도의 개인주의자예요. 당신 하고 싶은 건 다 해야 하고, 귀찮은 일은 일단 피하고, 그다지 애정 표현이 크지도 않고, 그런데 화도 잘 안 내요. 그냥 정말 있는 듯 없는 듯해서……. 그래서인지 몰라도 딱히 상대가 나를 위해 뭔가를 해 줬으면 좋겠다는 생각 자체를 잘 하지 않았던 것 같아요."

"그래요, 다음에는 그 이야기를 좀 더 해 보면 좋겠네요."

—

순식간에 상담 시간이 끝났다. 나는 조금 후련해진 마음과 무거워진 눈꺼풀을 하고 센터를 나왔다. 사무실이 즐비한 거리 한복판. 나는 잠시 내가 프리랜서라서 다행이라는 생각을 했다.

'예약 잡는 것도 쉽지 않은 일인데 정말 다행이야.'

상담은 생각보다 의미가 있었다. 그냥 내게 있었던 일을 가감 없이 털어놓는 것만으로도 도움이 된다는 생각이 들었다. 그리고 무심코 내렸던 결정이나 행동의 이유를 알아 간다는 부분도 좋았다.

나는 아빠와 30년 넘게 같이 살았다.

나는 아빠를 병풍이라고 부른다.

딱히 가족과 함께하는
일이 없기 때문이다.

엄마, 사진
정리 좀 할까?

그래.

내 모든 졸업식과 입학식에도,

그 모든 기념사진에 나의 아빠는 없다.

아빠는
나쁘지 않으면 되는,
그냥 이 정도만 하면
되는 존재일까?

그렇다고 아빠가
'사랑하는 우리 딸' 하는
모습도 상상은 안 간다.

오글
오글

…생각해 보니
덕분에 아빠 걱정
없이 탈혼했다.

내 인생에
아빠란 있든 없든
별 차이가 없는
존재였지.

이거 좀
고마워해야
하나?

136

우리 아빠는 가부장적인 사람이 아니었다.
멋대로 집안을 헤집어 놓는 폭군도, 권위적인 사람도 아니었다.
내가 무슨 결정을 내리든 아무 말도 하지 않았다.
멀쩡한 직장을 다니고 정년퇴직했다.

아빠는 그 결과
꽤 괜찮은 아빠가 되었다.

저에게 아빠는
같은 반인데 아침에
인사만 하고 절대 같이
안 노는 애 같아요.

내가 뭘
어쨌다고?

저런 아빠

내가 아빠에 대해 이야기를 하면 꽤 많은 친구들은 이렇게 말하곤 한다.

"……그래도 우리 아빠보단 낫다."

때로는 내가 생각해도 그렇다. 아빠는 나에게 요구하는 것이 거의 없었다. 기분이 나쁘다며 화풀이를 한 적도 없었고, 부모 자식 간의 관계라는 이유로 복종을 바라지도 않았다. 나는 아빠에게 같이 사는 '사람' 취급을 받았다. 뿐만 아니라 아빠는 내가 하겠다는 일에 대해서 반대한 적이 한 번도 없다. 내 옷차림을 가지고 이야기한 적도 없었고, 귀가 시간이나 성적에 대해서도 한마디 말을 한 적이 없다. 나를 위해 해 주고 싶은 것이 없는 만큼 내가 해 주기를 바라는 것도 없으니 어찌 보면 몹시 합리적인 관계이기도 했다. 그래서 나는 우리 아빠와 나의 관계를 이렇게 정리했다.

"같은 반을 몇 년째 같이 한 거야. 조별 활동을 가끔 같이 할 때도 있고 급식도 같이 먹고. 그런데 아침에 등교해서 인사 한 번 하고 하교할 때 인사 한 번 하지만, 다른 대화는 딱히 하지 않는 그런 동창이 있잖아? 관심사도 다르고 노는 무리도 다른 그런 동창. 우리 아빠랑 내가 딱 그 정도의 관계야."

의외의 비유에 친구들은 박장대소했지만 나는 어쩐지 쓴웃음이 났다. 같이 30년을 살았는데 겨우 그 정도인 관계라니.

―

아빠는 내가 가장 오래 보고 자란 남자다. 그리고 내가 가장 오래 보고 자란 그 남자는 나를 힘들게 하지 않았고 나를 위해 주지도 않았다. 나와 아빠의 관계는 간단했다. 서로 할 일 하고 간섭하지 않는 관계. 그 결과 나의 아빠는 내가 남자에 대해 바라는 것이 별로 없는 사람으로 자라게 했다. 내가 보아 온 모습이 그것이었기에 대충 다른 사람들도 비슷할 것이라고 생각했다.

―

결과적으로 나의 아빠는 아주 좋은 아빠라고 할 수는 없지만 괜찮은 아빠였다. 괜찮은 아빠가 되는 것은 이렇게도 쉽다. 하지만 우리 아빠가 엄마였다면 아빠는 바로 나쁜 엄마 소리를 들었겠지. 그래, 어떻게 보면 나쁜 엄마가 되기 너무 쉬운 게 더 문제다.

어린 시절의 내 기억 속에는
엄마와 아빠가 싸우는 모습이 거의 없다.

그건 너무하지
않아? 아무리
그래도….

내가 뭘
잘못했다고 그렇게
또 피곤하게….

두 분은 가끔 다투셨지만,

그런 문제가
아니잖아.

아, 됐어.

방금 뭐가
지나갔나…?

마무리는 늘 침묵이었고

얼마 가지 않아 스리슬쩍
없던 일이 되었다.

저녁은?

…동태찌개
끓이려고 하는데.

양념은
내가 할게.

그게 그냥 대부분 엄마가 포기해서
지켜진 평화라는 것을 그때는 몰랐다.

휴, 우리 엄마랑
아빠랑 싸운 거
아니었다.

우리는 같이 쇼핑을 가더라도
따로 다녔다.

우리는 같이 여행을 가더라도
따로 다녔다.

물론 나는 늘 엄마와 함께였고
아빠는 아빠의 길을 갔다.

보고 싶은 거 보고
살 거 산 다음에
두 시간 뒤에 만나.

그래.

어떤 가족

내가 어렸던 시절, 나의 엄마 아빠는 싸우는 법이 거의 없었다. 하지만 사람이 다 그렇듯 종종 목소리가 조금 높아지거나 분위기가 냉랭해질 때는 있었다. 내가 느낀 것은 딱 그 정도까지였다. 그리고 그다음에는 침묵이 찾아왔다. 두 분은 싸움이 될 것 같은 상황이 오면 그대로 대화를 중단했다. 나의 엄마와 아빠는 감정적으로 행동을 하는 사람이 아니었다. 그리고 그렇게 시간이 흘렀다. 보통 두 분의 다툼은 아빠가 원인이었고, 며칠이 지나고 나면 아빠가 먼저 엄마에게 말을 걸었다. 사과의 말도 없었고 그 어떤 개선점도 없었다. 그냥 조금 미안한 눈치가 있었을 뿐이다. 그러면 엄마는 못 이긴 듯 다시 한두 마디 대화를 이어 갔고, 그렇게 그 일은 없던 일이 되곤 했다. 그래서 나는 우리 부모님이 꽤 사이가 좋다고 생각했다.

———

나의 엄마가 오랜 시간을 참으며 살아왔다는 사실을 깨닫게 된 것은 내가 성인이 되고도 몇 년이 더 지난 뒤였다. 나의 아빠는 기본적으로 성격이 좋은 편이고 화를 잘 내는 편이 아니었다. 쉽게 흥분하지도 않았다. 다만 아빠는 아빠의 삶이 가장 소중한 사람이었다. 그래서 아빠는 같이 사는 사람들의 사정을 생각하지 않았다. 그런 이유로 아빠가 가족을 위해 당신이 하고 싶은 것을 포기하는 일이나 귀찮음을 무릅쓰고 도와주는 일 같은 건 결코 없었다. 엄마는 아빠가 원래 그런 사람이려니 하고 묵묵히 엄마의 할 일을 하셨다. 그리고 아빠가 해 주지 않는 몫들까지 늘 나에게 최선을 다해 주었다. 그래서 나는 우리 가족이 사이가 아주 좋다고 생각했던 것이다. 그 평화를 지키기 위해 엄마가 포기한 것들을 알기에는 나는 그때 너무 어렸다.

너무 감정적으로 굴면 안 좋단다.

왜?

순간 욱해서 싸움이 커질 수도 있고, 다른 사람에게 상처를 줄 수도 있거든.

알았어! 그렇게 할게.

나는 말을 잘 듣는 편이었다.

사춘기가 온 뒤에도,

왜 잠깐을 못 참아서 저러고 싸우냐.

확실히 엄마가 했던 말이 맞았다.

쓸데없이 나쁜 감정을 마구 드러내는 건 좋을 게 없어.

매점 안 갈래?

결정했어! 난 감정적으로 행동 하지 않을 거야.

안 가?

갈 거야.

엄마는 늘 나에게 화가 나는 상황에서 여러 번 생각하라고 하셨다.
굳이 달라지지 않을 일에 화를 내 봤자 나만 힘들어지는 거라고.
그리고 순간의 감정으로 이성이 흐려지면
화를 내지 않아야 할 상황에서 화를 내게 된다고 했다.

저런 이유로

엄마는 시끌벅적한 다섯 남매 중 넷째 딸로 태어났다. 엄마는 개성 넘치는 부모님과 형제들 사이에서 유년기를 보냈다. 그리고 엄마는 그중 가장 많이 희생하고 말을 잘 듣는 아이였다.

　"화를 내기 전에는 무조건 생각을 잘 해 봐야 해."

엄마는 늘 입버릇처럼 말했다. 엄마는 내가 화나는 일이 생겼을 때 조용히 분을 가라앉히면 나를 칭찬해 줬다.

　"잘했어. 그렇게 네가 기분 나쁘다고 버럭 화를 내는 건 너한테도 좋지 않아."

　"응, 엄마."

그때 엄마는 그 방법으로 우리 집의 평화를 지키고 있었다. 나 역시 그것을 보고 자랐고 또 그렇게 행동했다.

—

이후 엄마의 품을 벗어나 사춘기가 올 무렵에도 마찬가지였다. 나는 학교에서 종종 이해할 수 없는 싸움을 목격했다. 그 싸움은 정말 느닷없이 벌어지곤 했다.

"네가 지금 나 기분 나쁘게 쳐다봤잖아!"

"아니거든?"

"야, 따라 나와."

아마 그 나이의 아이들에게는 중요한 일이었을 것이다. 내가 보기에는 아무 일도 아니었지만.

'아니, 겨우 눈빛 하나 마음에 안 든다고 저러고 싸운다고?'

나는 그 행동을 이해할 수 없었다. 순간의 부정적인 감정을 못 이겨서 다른 사람과 싸우는 건 쓸모없는 행동이었다.

—

나는 별로 싸우지 않는 편이었다. 서로 잘 맞지 않으면 만나지 않으면 그만이지, 싸울 이유가 없다고 생각했다. 누구를 만나도 비슷했다. 누군가와 맞지 않는 부분이 커지면 그냥 그 사람을 더 이상 만나지 않았다. 감정 소모를 할 바에야 대신 이른바 절교를 하고 빠지는 것이 나의 패턴이었다. 그러니까, 나는 살면서 부정적인 감정을 표출하고 해소하는 것을 해 본 적이 거의 없었다. 그런데 그 부정적인 감정을 통제할 줄 모르는 사람과 함께 살게 되었다. 손쉽게 절교할 수도 없는 관계였다. 그것은 나에게 큰 충격이 될 수밖에 없었다.

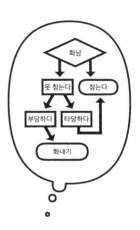

내가 정말 외로웠을까?

그동안 참느라 많이 힘들었을 것 같아요.

그럴 리가요. 저는 괜찮아요.

예쁘게 잘 크는 자식도 있고, 고마운 가족도 있고요.

게다가 귀여운 고양이도 있어요.

과거에 있었던 일이 반복될까 봐,

마음을 못 열었던 거?

혹시라도 그런 일이 반복 되면 안…

두 번 다시
그런 일만 일어나지
않으면 괜찮을 거야.

조심해서 나쁠 것
없으니까
일단 챙겨 보자.

혹시 모르니까
이것도.

때로는 먼저
보여 줄 필요도
있을 테니까.

자, 됐다.
튼튼하네.

이쯤 되면
아무도 가까이
오지 못하겠…

지…?

누군가 다른 사람이 내 감정을 먼저 생각해 준 것은 처음이었다.
순간의 부정적인 감정은 최대한 담아 두고 지워야 할 것이지,
그 자리에서 풀어야 한다는 생각은 해 본 적이 별로 없었다.

그의 행동은 내가 단 한 번도 겪어 보지 못한 종류의 것이었다.

저런 사람

상담을 받으면서 내가 매번 빠짐없이 했던 말이 있다.

　"그런데 괜찮아요."

그 말을 몇 번이나 반복했던 것 같다. 사실은 정말 괜찮지 않아서 상담을 받으러 갔는데도 괜찮다는 말을 앵무새처럼 하고 있었다. 정말 괜찮아서였는지, 괜찮아 보이고 싶어서 그랬는지는 사실 잘 모르겠다. 그냥 괜찮다고 말하면 괜찮은 일이 될 것 같아서일 수도 있겠다.

—

　"많이 외로웠겠어요."

상담사 선생님이 그 말을 했을 때 나는 심하게 당황했다. 왜냐하면 나는 이혼한 후 한 번도 외로움을 느낀 적이 없었기 때문이다. 오히려 그 어느 때보다 외롭다는 느낌을 오랫동안 받지 않아 왔다. 나는 솔직하게 말했다.

"아니요. 외롭지 않았어요. 아이도 생겼고, 가족과 보내는 시간도 많았고, 친구들도 많고…… 솔직히 외롭다는 생각은 한 적이 없는데."

내 말에 상담사 선생님이 말을 덧붙였다.

"그런 의미에서가 아니라, 감정적인 면에서요. 말씀대로 주변에 사람도 많고 성격도 직설적이고 솔직한 편이지만 감정적으로는 그렇지 않았잖아요. 특히 부정적인 감정은 편하게 내려놓은 적이 별로 없을 것 같은데……"

그랬다. 나는 전혀 그렇게 보이지 않았고 또 그렇게 보이고 싶어 하지도 않았지만, 사실 부정적인 감정을 애써 눌러 내는 사람이었다.

"그런 의미에서라면……"

나는 잠시 생각했다. 어쩐지 눈물이 한 바가지 쏟아지는 것 같은 기분이었다. 나는 첫 상담 이후 오랜만에 티슈를 몇 장 뽑아 들었다.

"네, 외로웠을 거예요."

나는 그동안의 기분이 잘 생각나지 않아서 애매하게 대답했다. 나는 오랜 시간, 내 감정을 살피지 않고 있었다.

———

무서웠다. 이것은 극복할 수 없는 종류의 공포였다. 나는 알지 못하는 상대를 무의식적으로 경계하게 되었다. 선을 긋고 더 강하게, 직설적으로 말했다. 나는 마치 비둘기가 털을 부풀려 몸집을 키우듯 상대가 나를 얕잡아 보지 못하도록 최대한 강한 모습들을 보이려고 애썼다.

"그런데 괜찮아요."

나는 내가 겁에 질려 있다는 사실을 인정하기 싫었다. 그래서 다 끝난 일이니 이제 괜찮다고 말하며 모든 문을 닫았다.

———

이런 상태에서 그 친구에게 마음을 연 것은 어이없게도 내가 그 친구로 인해 화가 났기 때문이었다. 사실 별것 아닌 일이었다. 그날따라 날씨가 별로였고 할 일이 막막할 만큼 많이 쌓여 있었다. 평소였다면 그냥 넘어갈 수도 있었을 법한 그 친구의 작은 실수로 인한 것이었다. 하지만 나는 그날따라 기분이 좋지 않았고, 갑자기 심하게 기분이 나빠졌다.

"미안해."

사과도 받았으니 평소 같았다면 그냥 넘어갈 수도 있었다. 하지만 이상하게도 그날따라 미안하다는 말을 그냥 받아들일 기분이 아니었다.

"······화 많이 났어?"

"됐고, 나중에 얘기하자. 너 그렇게 심하게 잘못한 것도 아니야. 그런데 지금은 내가 무슨 말을 해 봤자 기분 나빠서 다 나쁘게 말할 거야. 나중에 내가 이성적인 판단이 될 때 얘기하는 게 낫겠어."

매번 하는 방법이었다. 별것 아닌 일에 화가 났을 때 내가 쓰는 방법. 순간의 감정에 휩싸여서 화를 내는 것보다 시간을 두고 상황을 지켜본 뒤 행동하는 것. 나에게도 상대방에게도 서로 피곤할 일을 줄이는 합리적인 방법이었다. 그런데 그는 조금 달랐다.

"나중에 얘기하면 돼? 그냥 지금 이야기하면 안 될까?"

"뭐라고?"

잔뜩 날이 서 있는 나에게 돌아온 그의 말은 전혀 의외의 것이었다.

"지금 화가 난 거잖아. 나중에 이야기하면 혼자 화를 풀고 오겠다는 거잖아."

"……아니, 그러면 넌 지금 내가 화나서 아무 말이나 해도 된다는 거야? 아무리 생각해도 내가 진정하고 이 기분을 다 가라앉힌 후에 대화하는 게 서로에게 좋을 것 같은데."

"그렇긴 한데, 그러면 내가 화를 풀어 준 게 아니잖아. 혼자서 해결한 거지."

"……."

그 친구의 말이 맞았다. 나는 아무 말도 할 수 없었다.

"그래서, 지금 다 말했으면 좋겠어. 화가 나서 아무 말이나 해도 괜찮아. 그냥 나는, 지금 나 때문에 화가 났으니까 내가 그 이야기를 다 듣고 지금 그 기분을 내가 풀어 주고 싶어."

누군가가 내 감정을 합리적이고 효율적인 방식보다 더 우선한 것은 아주 오랜만의 일이었다. 덕분에 그날 나는 속 시원하게 욕도 하고 화도 냈다. 그는 따발총처럼 쏘아 대는 나의 날선 말을 묵묵히 들어 주었다. 그 일이 있은 뒤로 나는 그 친구가 아주 편해졌다.

2-8. 저런 사람

159

아마, 무서워서 그랬을 거예요.

나 자신도 믿기 어려운데,

다른 사람을 믿거나 기대하는 건 위험하니까요.

생각대로 되지 않는 건

정말 멋있는 것 같아요!

생각지도 못한 일이 생기니까요.

예전에는 그랬었죠.

그때는 저도 어렸고, 좋아질 게 더 많다고 생각했거든요.

하지만 저는 어른이고,

겪지 않아도 될 일을 경험하고 난 뒤에는,

160

아주 약간의 가능성이라고 해도 모를 일이었다.

다시 그 일이 반복된다면
나는 견딜 수 없을 것 같았다.

이미 다 끝난 줄 알았던 일은
아직도 나를 붙잡고 있었다.

생각대로 되지
않는 일들을 도저히
견딜 수가 없었어요.

어떤 불안감

누구나 그렇듯 내가 처음부터 그랬던 것은 아니었다. 모든 사람의 행동에는 이유가 있다. 나라는 사람은 인생을 살아오며 내가 그동안 보고 느낀 것들로 이루어져 있다. 지금까지 차곡차곡 쌓아 올렸던 나의 성향과 기질은 결혼과 이혼을 계기로 크게 바뀌었다. 나는 누군가가 단순히 물리적인 힘의 우위로 나에게 위협이 될 수 있다는 생각을 해 본 적이 없었다. 내가 그렇게 굳게 믿고 있었던 데는 아빠의 영향이 컸다. 체격이 크고 힘이 센 편이었던 나의 아빠는 단 한 번도 나에게 손찌검을 한 적이 없었다. 함께 사는 동안 한번쯤은 그런 일이 있을 법도 하건만, 아빠는 그런 적이 없었다. 그리고 이것은 나의 아빠가 꽤 괜찮은 아빠인 이유 중 하나였다.

"일단 누군가가 그냥 기분이 나쁘다는 이유로 나를 함부로 대할 수 있다는 생각 자체를 해 보지 않았어요. 경험해 본 적이 없었거든요. 사람이 다른 사람에게 폭력적으로 행동하면 안 된다는 건 정말 어린 시절부터 배워 온 당연한 거잖아요? 그런데 어떤 사람은 그걸 당연하게 생각하지 않을 수도 있다는 걸 알았어요. 자기 기분을 상하게 했다면 그럴 수 있다고 느끼는 것 같았어요. 뭐, 그럼에도 불구하고 그런 사람도 마음대로 굴고 싶은 그 마음을 참긴 하겠죠. 하지만 그게, 예를 들면 법적으로 불리한 상황을 피하고 싶은 정도의 이유였던 거라면? 그렇게 생각하니까 무서웠어요. 저는 사람이라면 당연히 그렇게 하지 않을 거라고 생각해 왔어요. 그렇지 않은 사람들은 뉴스에나 나오는 사람들이라고 생각했죠. 그런데 의외로 그런 사람이 주변에도 있을 수 있다는 사실을 알게 되었어요."

———

먹이사슬에서 가장 아래에 있는 동물들은 언제든 도망칠 준비가 되어 있다. 나는 5년 가까이 그 약한 동물들처럼 잔뜩 긴장한 상태를 유지했다. 시간이 그쯤 지나자 두려움은 어느 정도 풍화되고 약간의 여유가 생겼다. 나는 내가 완전히 괜찮아졌다고 생각했다. 실제로 불면증이 생기기 직전까지도 나의 인생 만족도는 최고조였다. 하지만 그 괜찮았던 시간들에도 늘 어딘가 왠지 모를 불안감이 공존하고 있었다.

"혹시 몰라. 혹시 모르잖아. 혹시. 혹시……."

과거에는 어떤 가능성이나 예측 불가능한 일들을 좋아했다. 생각해본 적도 없는 멋진 일이 나를 기다릴 것만 같았다. 이런 생각은 모두 옛날 일이 되었다. 결혼이라는 결정 뒤에 겪었던, 생각해 본 적도 없었던 많은 일들은 나로 하여금 다시는 그런 생각을 할 수 없게 만들었다. 생각지도 못한 일이 생긴다는 것은 생각지도 못한 괴로운 일이 생길지도 모른다는 말이다. 그렇게 덮어 두었던 일들이 다시 수면 위로 올라왔다.

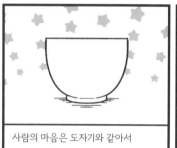

사람의 마음은 도자기와 같아서

한번 깨지면 다시 돌아갈 수 없는데,

완전히
박살났네…

빨리 치워야…
아악!

그걸로 끝이 아니라

아프네….

왜 그래?
너 괜찮아?

잘못 건드렸다가는
쉽게 다치게 된다.

2부. 저런 사람의 사정

응, 응. 난 괜찮아. 살짝 베인 것뿐이야.

이건 어떻게 처리하게?

일단…

나는 처음으로 깨져 버린 마음을

지금은 바쁘니까 건드리지 말자.

나중에 치우지 뭐.

다 됐어! 엄마, 나 이제 완전 괜찮아.

그냥 그대로 건드리지 않기로 했었다.

2-10. 어떤 상처

167

이제 다 끝이야!

나는 괜찮아!

끝난 일이니 이제 괜찮다고 생각했다.

이제는

절대로

다치지

않는다!

나는 애써 외면했다. 그리고,

그것은 한참이 지나서야

다시 나타났다.

나는 그냥 다시 건드리지 않으면 괜찮을 거라고 생각했다.
시간이 지나면 괜찮을 것이라고.

하지만 그것은 한번 깨져 버리면
다시 되돌릴 수도 없는데,
그렇다고 그냥 사라지지도 않는 것이었다.

어떤 상처

그런 것이라고 생각한다. 사람의 마음은 도자기 그릇 같아서, 한번 깨지면 다시 붙여서 쓰기가 힘들다. 사실 방법이 아주 없는 건 아니지만 다시 쓰려면 오랜 시간과 복잡한 방법이 필요하다. 게다가 그 파편은 날카롭기까지 해서 함부로 건드렸다가는 까딱하면 피를 보게 마련이다. 나는 그때 처음으로 깨진 그 도자기를 어떻게 해야 할지 몰랐다. 그래서 그냥 그대로 방치해 두기로 했을 것이다. 혹시라도 밟지 않기 위해 출입 금지 선을 긋고 두 번 다시 비슷한 일이 발생하지 않도록 조심하며, 그렇게 몇 년의 시간을 보냈다.

——

나는 누군가에게 마음을 열지 않으면, 내가 잘 아는 사람들과 지금처럼 살기만 하면 아무 문제가 없으리라고 생각했고 실제로 그 방법은 효과적인 것처럼 보였다.

——

그래서 괜찮은 줄 알았다. 그 파편은 절대로 썩거나 그냥 사라지지 않는데, 그동안 잘 숨겨 두고 건드리지 않았던 것뿐인데 다시 건드리지만 않으면 괜찮았기 때문에 괜찮다고 믿었다. 그리고 안심했던 그 순간에, 정말 괜찮아서 긴장을 내려놓으려던 그때 나는 흥에 겨워, 몇 년 동안 유지해 온 주의력을 잃고 그만 그 파편을 밟아 버렸던 것이 아닐까.

나에게 있어 상담은,

내가 잘 몰랐던

나를 만나는 일이었다.

누구…?

나.

아직도 증상은 여전하다.

잠 좀 제대로 자고 싶다…

난 내가 강해서 괜찮은 줄 알았어.

몰라줘서 미안해.

그래도 분명 나아진 것이 있다.

자, 이제 일어나자.

괜찮아.

아니야, 안 괜찮아도 돼. 그거 괜찮을 일 절대 아냐.

172

내가 당장 정신부터 차려야 해서, 나 아픈 건 생각도 못했어.

이젠 아니까 천천히 같이 잘 해보자.

흑흑흑.

정신과에도 다니기 시작했다.

제장!

사람이란 다 그래요.

몇 번의 실패 끝에

너무 애쓰지 마세요. 사람이 화가 나고 그러면 정말 기분도 나쁘고 감정 상하고, 그러면...

머리채도 잡고 싶고, 그게 사람이죠.

크흐흡!

ㅋㅋ

그렇죠?

ㅋㅋ

몇 번의 실패 끝에 좋은 병원도 찾았다.

아, 날씨 진짜 좋다.

잠깐,

마카롱 사 가지고 가야지.

원이랑 집에 가면서 하나씩 먹으면 딱 좋겠다.

어서 오세요.

174

그 일들은 아마 사라지지 않겠지만
적어도 나는 이제 그때의 나를 마주볼 수 있다.
아직도 아프지만 조금씩 그리고 분명히
나는 더 괜찮아질 것이다.

저런 결론

사는 것은 살아지는 것에 가깝다. 시간은 또 흘렀고 내가 아프다는 사실을 알게 된 지도 벌써 일 년이 되어 간다. 원이는 나의 상황과는 별개로 쑥쑥 잘 자라고 있다. 생각보다는 내 상태가 심각하지 않아서 오랜 시간 동안 가족들도 내 마음이 아프다는 사실을 몰랐다. 얼마 전 엄마에게는 내 상태에 대해서 솔직하게 이야기했다.

"고생했어."

엄마는 나를 적극적으로 도와주고 있다. 아, 물론 아빠는 내가 뭘 하는지, 어떤 상태인지도 잘 모르는 듯하다. 원이는 내가 아프면 장난감 약도 가져다주고 배에 손을 올리고 약손도 해 준다.

"원아, 이거 배 말고 머리에 해야 해."

"왜?"

"이건 머리가 아파서 배가 아픈 거라서 그래."

잘 모르겠다는 얼굴로 돌아서는 원이를 보며 키득거리며 웃는다. 그래, 모든 것은 그대로이다. 일상은 그대로 돌아간다. 나는 여전히 눈앞에 놓여 있는 일을 한다. 지금도 잠을 제대로 잘 수 없다. 떠난 입맛도 돌아오려면 아직 한참 걸릴 것 같아 보인다. 하지만 분명히 달라진 것이 있다.

———

예전의 내가 살아가는 방법은 나의 일부를 외면하는 것이었다. 가장 약하고 아프고 힘들었던 그 시기의 내가 있다는 사실 자체를 지워 버리려 애썼다. 지금의 나는 꽤 오랜 시간 동안 외면했던 나의 가장 약하고 아픈 모습을 마주 볼 수 있게 되었다. 아직 익숙하지 않아서 괜찮아지려면 시간이 걸릴 것이다. 그래도 나는 조금 더 온전한 내가 되었고, 아직은 어렵지만 조금씩 더 나아질 수 있을 것이다.

———

그럼에도 불구하고 증상은 계속되어 나는 상담과 동시에 정신과를 찾았다. 처음 간 병원은 그냥 약을 받기 위해 거쳐야 하는 관문 정도의 역할을 했다. 약을 처방받고 증상이 완화되는 것을 느꼈지만 그것만으로는 부족하다는 생각이 들었다. 이런저런 병원을 전전한 끝에 드디어 나에게 맞는 선생님이 계시는 병원도 찾았다. 언제 다시 아플지 모르지만 적어도 지금의 나는 스스로 보기에 꽤 많이 좋아진 것 같다.

—

　"내 주변에 어떤 엄마가 있는데……."

나는 내 이야기가 이렇게 들려지길 바란다. 수군거리는 모양이라도 나는 전혀 상관없다. 나의 이야기, 그러니까 어떤 엄마의 이야기는 전혀 익숙하지 않은 이야기일 수도 있다. 하지만 한편 나에게는 지극히 일상적이고 평범한 이야기다. 그냥 나는 이렇게 살고 있다. 그런 까닭에 나는 누가 제발 뒤에서 내 이야기를 좀 해 줬으면 좋겠다고 생각한다. 누가 보기에는 뭐 저런 얘기까지 하나 싶게 이상하고, 특이하고, 불편할 수도 있는 나의 이야기가 그냥 놀러가서 커피 한잔 마시고 왔다는 말 정도로 평범하고 쉬운 이야기가 되었으면 좋겠다. 다들 비슷하게 살아가는 것 같지만 이 세상에는 저런 사람도 있다는 것을 최대한 많은 사람들이 알고 특별하지 않게 느낄 수 있도록.

EPILOGUE

언제건 터질 수 있는
일이었는데 지금 알게 된
그런 거지 뭐.

그렇다면 다행이다.
걱정되더라.

......,

처음엔 그렇다 치고,
내가 그렇게 오랫동안 낯선
사람이었어?

그거야 당연하지.
사람을 어떻게
쉽게 믿어.

그거 알아? 처음에는
싫어서 쫓아내려고 엄청
쌀쌀맞게 행동했던 거?

아직 만나서 재밌고
내가 만나고 싶어 하는
걸 보면 친구는 맞는 듯?

맞아, 좋은 친구지.

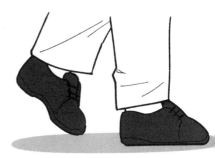

아, 잠깐만.